Nouvelle

Psychédélies

Comédie satirique

La médecine est une science.

Mais les sciences ne sont pas toutes exactes.

L'astrologie, par exemple, qui depuis madame Teissier, est entrée à la Sorbonne, vous prédit votre avenir mais refuse de vous accorder une obligation de résultat. Si ce qui vous arrive n'a pas été prédit c'est de votre faute, vous avez changé quelque chose qu'il ne fallait pas !

D'ailleurs, d'une façon générale, toute science peut être, à tout moment, remise en question.

Et puis si vous vous adressez au mauvais praticien, il ne pourra pas vous être d'une grande aide.

Ne consultez pas un ORL si vous avez des cors aux pieds, voyez plutôt le podologue. Mon conseil peut vous paraître idiot, mais c'est tout les jours que les spécialistes voient débarquer chez eux des malades n'ayant rien à voir avec leur domaine de compétence.

Je crois que la pire confusion, c'est quand on s'adresse à un vétérinaire pour suivre ses enfants ou à un généraliste pour soigner son chat.

Dans l'histoire qui suit, nous verrons que la médecine réserve bien des surprises à qui y a à faire.

Nous n'irons pas dans le morbide, ces histoires de personnes qui entre aux urgences pour un bobo et en ressortent atteints de maladies nosocomiales ou pire … les pieds devants.

Notre propos n'est pas de lancer l'opprobre à toute une profession, de faire du scandale pour du buzz … Mais de narrer simplement quelques anecdotes représentatives du besoin qu'ont les personnes saines de se trouver des maladies et aux malades de nier leurs affections.

La spécialité que je vous propose d'observer est la psychanalyse.

"Vaste programme" comme aurait dit Mongénéral !

Parler de psychanalyse sans parler de Freud reviendrait à parler de patates (Solanum tuberosum) sans parler du Parmentier (qui l'importât du Chili au XVIème siècle).

Freud est un psychanalyste particulièrement controversé, en particulier par Michel Onfray, le philosophe gérontophile.

Il (Freud, pas Onfray) avait une vision assez simpliste de l'âme humaine qu'il réduisait à ses instincts sexuels révélés par les rêves ; d'où l'interprétation des rêves dont certains font encore aujourd'hui leurs choux gras.

Remarque : si mes élucubrations vous ennuient, passez quelques pages … je ne vous en voudrais pas et ça vous évitera de vous décourager.
Des générations estudiantines ont planché sur Freud.
J'y ai échappé grâce à la thaumaturgie pédagogique républicaine et j'ai eu droit aux classiques : Socrate, Platon, Kant Jung, Nietzche, Hegel, Sartre, Alain, Rousseau, Bergson, Kierkegaard, Épicure, Érasme, Éjeanpasse … etc … tous ceux que Onfray considère comme des faussaires parce qu'ils ne vivaient pas tous en adéquation avec leurs théories.
C'est marrant cette habitude qu'ont les philosophes de cracher sur leurs pairs !
Les contemporains avec plus d'acrimonie que les anciens, comme si ça les embellissait !

Vous comprenez, Schopenhauer est passé à côté de sa théorie parce qu'il ne l'a pas suffisamment approfondie et a donné trop d'importance à la phénoménologie négativiste. C'est pour ça que Nietzsche a finit neurasthénique et qu'Hitler a développé son influence morbide sur son peuple. Disons plus prosaïquement que Schopenhauer a influencé Nietzsche qui a influencé Hitler qui a manipulé le peuple allemand pour en arriver au nazisme. Si Schopenhauer avait été plus clairvoyant tout ça ne serait jamais arrivé. Mais soyons lucide, Schopenhauer, lui-même, fut inspiré par Kant et

Hegel (entre autres) qui eux-mêmes s'inspirèrent d'Aristote, Platon, Descartes … qui …. Etc !

Ouais ! Ils ont tous développé des concepts plus ou moins élaborés mais aucun n'a jamais réussi à synthétiser les sciences humaines (ce qu'Eftichios Bitsakis a tenté), ils sont restés confinés dans des idées abstraites sans impact constructif pour l'humanité…. Etc.

Vous comprenez mieux, j'espère, l'influence qu'ont voulu donner les enseignants au phénomène Freud.
Lui, au moins, se basait sur de pseudos réalités suffisamment nébuleuses pour rester floues, discutables et sujettes à toutes les interprétations. Idéal pour un prof ! Sa lexicographie était simple et abordable par tout un chacun.

Exemple :

- Topiques : Modèle théorique de représentation du fonctionnement psychique (Freud 1905 distinguait trois instances :
  - L'inconscient
  - Le préconscient
  - Le conscient)
(Freud 1920 distinguait :
  - Le ça
  - Le moi
  - Le surmoi)

Il a, toutefois, raté le "Moi Je", le "Moi Moi", le "Moi et ma Meuf", le "Moi sur ma Mob" … Etc !

Sur cette lancée, la psychanalyse moderne s'est octroyée de nobles lettres de créances en exigeant des années d'études pour être diplômé et en créant tout un vocable scientifique apte à berner les couillons.

Exemples :

- Cytoplasme : partie fondamentale, homogène, de la cellule qui entoure le noyau et contient les vacuoles et les organites.
- Schizophrénie : appelée naguère *démence précoce*.
  Psychose délirante chronique, caractérisée par une discordance de la pensée, de la vie émotionnelle et du rapport au monde extérieur.

- Dendrite : prolongement arborisé du cytoplasme d'une cellule nerveuse.

Attention, je ne dis pas que tout cela est faux, je dis seulement que la psychanalyse n'est pas une science exacte car elle étudie la personnalité humaine et que par essence, chaque individu est unique.
Certes, une paranoïa se reconnaît à des symptômes bien identifiés, mais ces mêmes symptômes ne sont parfois que des expressions d'une angoisse temporaire justifiée qui n'est pas nécessairement une paranoïa médicale.

Le psy Patrack vient consulter le psy Ledingue

Mais …. Nous causons, nous causons … et voilà que nous sommes arrivés en haut du Boulevard des topiques (chers à Freud, justement), juste devant la porte de l'immeuble où pratique le professeur Elie Patrack docteur honoris causa (nostra) en psychanalyse, au cinquième étage.

Le hall d'entrée est entièrement fait de marbre de Carrare et aux murs sont fixés des plaques de cuivre rutilantes annonçant des professionnels de toutes sortes. Gynéco, psychiatre, ORL, podologue, sexologue, astrologue, radiologue, mycologue, gériatre, sage-femme, proctologue … Etc.

Nous ne sommes pas seuls à pénétrer dans l'immeuble par son immense porte vitrée. Le professeur Robert Ledingue, psychiatre de son état, prend l'ascenseur et appuie sur le bouton du 5ème.
C'est un homme la cinquantaine aux cheveux gris, dans les un mètre quatre vingt, costard trois pièces gris fil à fil sur mesure, cravate argentée fluo, godasses de luxe de chez Berlusconi et chaussettes rouges.

Sur le palier du 5ème, la porte du Professeur Elie
Patrack est située juste en face de la porte de
l'ascenseur sur laquelle une plaque en cuivre identifie
le cabinet.
Il sonne.

La secrétaire, mademoiselle Francés Nympheau,
ouvre la porte, lui demande son nom pour vérifier son
rendez-vous sur le registre manuel et le fait entrer.
C'est une jolie jeune femme blonde glamour vêtue de
vêtements légers de mousseline de couleurs claires et
transparentes.
C'est un appartement transformé en cabinet médical.
L'entrée est toute petite et agencée d'un bureau sobre
sur lequel se repose un agenda ouvert à la page
d'aujourd'hui avec un stylo bille.
On aperçoit deux portes. Sur l'une d'elle est inscrit
"salle d'attente" et sur l'autre "cabinet".
 Robert Ledingue dans la petite salle d'attente sans
fenêtre, à l'ambiance feutrée mais aux odeurs de
vieilles chaussettes sales. Il s'y retrouve seul et a
l'impression d'être comme dans sa propre salle
d'attente. Sur les murs, des affiches annonçant des
manifestations culturelles datant d'il y a plusieurs
années et une pancarte patinée marouflée récapitulant
un certain nombre de vocables psychanalytiques.

Le professeur Ledingue, la quarantaine, est assis à son
bureau.
Il porte un costume clair dans les tons café au lait et
un nœud papillon rouge.

Il a les cheveux courts bruns et les yeux bleus. Il rêvasse doucement en attendant son prochain rendez-vous. Il se demande s'il a bien fait de choisir cette spécialité qui le conduit à faire face à tant de gens bizarres ? Il fait une petite dépression sans en avoir totalement conscience … et se dit qu'il serait judicieux de consulter avant que sa déprime ne prenne le pas sur sa santé mentale.

La Secrétaire interrompt sa rêverie.
Docteur, puis-je faire entrer votre patient ?

Oui, qui est-ce au fait ?

Un certain Robert Ledingue, il vient pour la première fois et à l'air assez excité.

Qu'il entre, nous verrons bien !
Et en attendant, pouvez-vous me rechercher l'adresse d'un confrère psychiatre dans l'annuaire, et prendre rendez-vous, je souhaiterais avoir l'avis d'un autre spécialiste pour un point de détail sur les symptômes en filigrane de la psychose vernaculaire.

Oui docteur, je m'en occupe.

Robert Ledingue entre dans le cabinet.
Bonjour Docteur Patrack.

Bonjour Monsieur Ledingue.
Je vous en prie, prenez un siège.
C'est la première fois que vous venez, n'est-ce pas ?

Oui, je n'ai jamais consulté, c'est bien la première fois.

Le spécialiste sort une fiche d'un tiroir et y écrit des notes sur l'âge, la profession, et les problèmes psychiques exposés par le patient.
Pourriez-vous me parler de vous et de vos problèmes ?

Ledingue a préparé sa visite de longue date, il a cogité à la façon dont il présenterait son cas et a décidé de ne pas dévoiler qu'il est psychiatre lui-même, se disant que ça pourrait influencer négativement l'entretien. Il se contente d'un vague "médecin".
Eh bien voilà !
Je suis médecin, et j'ai fait récemment la connaissance d'une femme, une patiente, qui est venue à mon cabinet pour une consultation ordinaire, seulement, je ne sais pas ce qui lui a pris, mais à la deuxième visite, elle a commencé à se prendre pour ma mère …

On frappe bruyamment à la porte, les deux sursautent.

Le professeur Elie Patrack casse le crayon qu'il avait dans la main sous l'effet de la surprise.
  Qu'y a-t-il ?

La secrétaire Passe la tête
Docteur, votre deuxième patient est arrivé.

Francès ! combien de fois faudra-t-il vous répéter de ne pas m'interrompre pendant les consultations !
Elle s'éclipse et referme la porte en maugréant.
À Ledingue.
Excusez moi, cher confrère, il est difficile, de nos jours, de trouver des secrétaires médicales professionnelles.

Mais, je vous en prie, continuez.

Oui, cher confrère, je suis bien d'accord avec vous.
Je vous disais donc que ma patiente me prenait pour
son fils et c'est devenu une obsession confusionnelle
de plus en plus profonde. Je suis excédé, elle entre
dans mon cabinet sans prévenir, ma secrétaire, qui
d'ailleurs, ressemble à la vôtre, n'ose pas l'en
empêcher et ..

Le téléphone sonne. C'est la secrétaire qui demande
au psy de lui rappeler l'objet de sa demande de
conseils auprès d'un confrère.

Je vous dirai ça après ma consultation, Francès, merci
de ne plus nous déranger.
Oui, cher confrère, je vous confirme qu'il est difficile,
de nos jours, de trouver des secrétaires médicales
professionnelles.

Ledingue s'excite sur sa chaise, il parle avec un
énervement mal contrôlé.
Oui, cher confrère, je suis bien d'accord avec vous.
Je vous disais donc que les intrusions intempestives
de ma patiente devenaient chaque jour plus
impossibles à supporter.
Cette femme finit par m'empêcher d'exercer, ses
entrées fracassantes, sa voix criarde, ses conseils de
mère avisée

Il imite la voix de sa patiente, se triture les doigts,
baisse de plus en plus la tête comme si un poids luis
pesait dessus … Il monte de ton crescendo dans une
excitation qui va au paroxysme.
« Mon petit tu n'es pas bien couvert, tu vas attraper
froid, as-tu bien pris tes fortifiants, je vois que tu

t'amuses bien avec ton petit camarade, il faut être
sage, sinon papa te grondera, n'oublie pas de prendre
tes fortifiants, sinon tu ne grandiras pas … »
Non vraiment, je n'en puis plus, je ne la supporte
plus, j'ai envie de la tuer !

Je vois, vous avez à faire à une psychopathe qui, si
elle n'est pas soignée, pourrait développer une
psychose.

J'entends bien, cher confrère, mais c'est de moi qu'il
s'agit, c'est de ma psychose à moi dont je suis venu
vous entretenir.

Bien sûr, mais comme votre patiente est la cause de
votre trouble, je pense qu'en la soignant, on éliminera
par la même votre propre stress.

La secrétaire fait irruption en hurlant.
Docteur, il m'a mordu ! Aie aie aie, ça fait mal. Je
suis pas payée pour supporter ça moi !

Il vous a mordu !
Mais qui, qui vous a mordu ?
Expliquez-vous Francès.

Mais le perroquet, docteur, le perroquet.

Un perroquet !
Mais quel perroquet ?

Le perroquet de votre patiente, Madame Eva Patreau.
Aie aie aie ! ça fait vraiment mal, je m'sens pas bien
du tout.
Elle vacille
Je sens que je vais tomber dans les pommes….

Ledingue s'est levé et s'est approché de la secrétaire qui attend qu'il soit suffisamment proche pour lui tomber dans les bras. Il la rattrape au vol, la prend sous les aisselles en accusant le coup !

Ledingue à Patrack .
Aidez moi, je vous prie, cher confrère, nous allons l'allonger sur le divan.
Ils portent la secrétaire sur le divan en ahanant.
Mais c'est qu'elle est lourde !

Patrack
Oui, cher confrère, il est difficile, de nos jours, de trouver des secrétaires médicales qui ne soient pas lourdes.

Oui, cher confrère, je suis bien d'accord avec vous, j'ai moi-même une secrétaire particulièrement embarrassante qui laisse entrer n'importe qui n'importe quand dans mon cabinet malgré mes ordres formels et ...

Elle se redresse sur le divan choquée d'entendre les commentaires désagréables à son sujet.
Mais dites donc, vous deux, ne vous gênez surtout pas pour moi.

Patrack
Ah ! Mais je vois que vous allez déjà beaucoup mieux.
Trouvez donc de la glace et mettez votre doigt dedans quelques minutes pour le décongestionner, et puis vous pourriez aller vous occuper de ma seconde patiente, la faire patienter.

La secrétaire se relève à regrets et sort en grommelant.
En tout cas ça me fait toujours mal, et si j'ai toujours
mal ce soir, je me mets en arrêt de travail, je ne
pourrai plus taper à la machine avec un doigt comme
ça.

Mais vous ne tapez jamais à la machine !

Peut-être, mais j'aurais pu.
Elle disparaît

Ah ! Cher confrère, il est difficile, de nos jours, de
trouver …..

Des secrétaires médicales qui tapent à la machine.

A qui le dites-vous, cher confrère.
Un temps. Ils reprennent leurs places respectives et
laisse planer un silence.
Vous disiez donc, cher confrère ?

Ledingue
Qu'il est difficile, de nos jours, de trouver des
secrétaires méd……..

Patrack
Oui, je suis bien d'accord avec vous, mais je voulais
parler de ce que vous me disiez avant cette
interruption imprévue et intempestive.

Ah oui, pardonnez-moi, cher confrère, mais nous
avons été interrompus si brutalement, je ne me
souviens plus très bien … attendez …….
Ah ! Voilà, je vous disais que je m'apprête à tuer cette
patiente qui se prend pour ma mère.

Je suis venu pour que vous m'aidiez, je ne veux pas
devenir un assassin, vous comprenez !

Mais voyons, vous êtes une personne intelligente,
équilibrée, vous ne commettriez pas un acte d'une
telle barbarie.

On entend des cris de perroquet derrière la porte.

Ledingue, pendant le soliloque, le professeur Patrack
prend des notes.
On voit bien que vous ne la connaissez pas.
Elle me rend complètement dingue.
Et en plus elle me fait régresser, elle me traite comme
si je devenais de plus en plus jeune.
Il imite la voix de sa patiente, il monte crescendo dans
une excitation qui va au paroxysme.
*'Mon petit tu n'es pas bien, il faut que j'appelle le
docteur. Ce soir, ta maman t'a fait de la soupe, de la
bonne soupe à la tomate, celle que tu aimes tant. As-
tu bien travaillé à l'école, as-tu été bien sage, j'espère
que tu as toujours de bonnes notes ...'*
Et elle me fait ça devant mes patients, ou dans la salle
d'attente, elle m'attend au pied de l'immeuble me suit
dans la rue et exige que je tienne sa main pour
traverser, elle me pourchasse à toutes heures du jour
et de la nuit, le téléphone sonne toutes les minutes ....
je n'en puis plus, je deviens fou, je vous jure que je
finirais par la tuer.

Patrack a vite fait son diagnostique. Il expose sa
théorie.
Je pense que vous développez un complexe de
persécution qui n'est pas en rapport avec la situation.
Cette femme semble vouloir vous traiter de façon
plutôt maternelle, vous pourriez peut-être l'aider en

entrant dans son jeu jusqu'à ce quelle réalise d'elle même que vous n'êtes plus un enfant.

Ledingue met un temps à compiler les dires de son homologue. Au début surpris il va vite se rallier à son point de vue.
Vous croyez ?
J'avoue que je n'avais pas envisagé cette éventualité.

On entend des cris de perroquet derrière la porte

Patrack
Mais oui, je suis persuadé que si vous lui rendez la monnaie de sa pièce, que vous la traitez à votre tour comme un fils traite sa maman, vous obtiendrez d'elle ce que vous souhaitez : qu'elle se lasse et vous rejette.

Mais oui, pourquoi n'ais-je pas pensé à cela plus tôt, vous avez tout à fait raison, cher confrère, je vais la harceler, lui demander de l'argent de poche, lui demander de m'acheter une bicyclette, puis une moto, puis une auto, je vais lui faire croire que j'ai été renvoyé du lycée, lui dire que je rentrerai pas de la nuit, que je vais à une rave partie … mieux, oui, beaucoup mieux, je vais luis annoncer que je suis homosexuel.
Qu'en dites-vous ?

On entend encore des cris de perroquet derrière la porte.

Oh ! Vous savez, je ne suis pas sectaire, j'ai de très bons amis qui sont homosexuels.

Mais non, je ne suis pas homosexuel, je vous demandais ce que vous pensez de ma stratégie.

Ah ! Excusez-moi.
Oui, votre stratégie est très bonne, vous devez la mettre en situation de mère avec toutes les vicissitudes d'un fils unique et inique.

Ledingue est totalement convaincu du bien fondé de la stratégie proposée par l'autre psy. Plus il y pense et plus il y croit.
Merci docteur, vraiment, je vous remercie du fond du cœur.
Combien vous dois-je ?

Patrack se fait beaucoup plus sec. Il a l'habitude, il sait qu'au moment de payer, les patients se montrent réticents car ils ignorent tout des longues années d'étude nécessaires à l'acquisition des compétences de son métier.
Cinq cents euros.

L'autre est stupéfait du tarif exorbitant de son confrère, il s'attendait à un tarif préférentiel eu égard à sa qualité de médecin.
Quoi ! Combien avez-vous dit ?

Cinq cents euros, c'est mon tarif et il est affiché dans la salle d'attente.
Il se croit obligé de justifier ses honoraires.
Je suis le meilleur psychiatre sur la place de Paris, avouez que, de plus, je vous ai bien aidé à résoudre votre problème … Et, vous savez, j'ai des frais très lourds.

Ledingue sort son carnet de chèque avec une moue écœurée.

Je n'ai pas vu vos tarifs, si je les avais vus, je ne serais pas venu.
Il lui tend le chèque, puis se lève et se dirige vers la porte.

Patrack beaucoup plus doux.
Merci, cher confrère, et n'hésitez pas à revenir me voir si vous en éprouvez le besoin.

Ah ! Ça, certainement pas.
Il sort !

Quand un psy a besoin d'un autre psy pour débloquer sa situation personnelle, avouez que ce n'est pas commun.
Dans le cas de Ledingue ça marchera peut-être ce retournement de harcèlement … on verra ça plus tard.
Ce qui est certain c'est que l'adage du cordonnier le plus mal chaussé se vérifie une fois encore.

Pour l'instant nous avons une patiente accompagnée d'un perroquet qui s'impatiente … Quel peut bien être son problème pour qu'elle consulte un psychiatre ?

Les animaux de compagnie sont divers et variés.

D'aucuns s'attachent aux araignées ('arachnophiles'), d'autres aux lézards et serpents ('herpétophiles'), les tigres, lions et autres panthères … les girafes, les hippopotames, baleines ou crevettes …

Leurs passions nécessitent plus ou moins de place, mais ils ont tous la charge de nourrir leurs passions comme leurs passions les nourrissent.

Des mouches pour les araignées, des souris vivantes pour les serpents (faut pas aimer les souris), de la viande pour les carnivores, des crevettes pour les baleines …. Mais pas l'inverse.

L'animal est-il un substitut à la compagnie humaine ?

Les animaux ne parlant pas (en général), ils ne nous incommodent pas de leurs commentaires. Certains, cependant, sont bruyants … comme les chiens ou les coqs. Les pires sont ceux qui parlent comme le mainate ou le perroquet. Ils demandent, par ailleurs, beaucoup d'attentions. Un mainate seul dans une cage peut rapidement mourir d'ennui faute de conversation.

J'ai résidé un mois dans un hôtel Singapourien dans lequel le restaurant comprenait un patio qui était un grand bassin carré peuplé de poissons koï. Leurs ballets, je dois le reconnaître, avait quelque chose d'apaisant, de relaxant, surtout le soir après le dessert avant d'aller au lit.

De nos jours, on a tendance à accorder plus sentiments et de sensibilité aux animaux, même les sauvages. Souffrent-ils ? Ont-ils des émotions ?
Ceux qui s'en tirent le mieux sont les animaleries. Avez-vous déjà acheté des animaux dans ces magasins ?
Il y en avait un, ici, à la campagne. Il a fermé. Vendre des animaux à des péquenots … c'est un défi !
Ils avaient des chiens, des lapins, des cochons d'Inde, des protées axolotl, des poissons rouges …. Tout ce qu'on a à l'état naturel (sauf l'axolotl).

Mais il est universellement reconnu que les médecins des bêtes sont les vétérinaires qui suivent un cursus spécial leur permettant de soigner et opérer chirurgicalement toutes sortes d'animaux.

Eva Patreau et son perroquet

La secrétaire qui a été échaudée de se faire renvoyer brutalement n'ose même plus frapper à la porte de son patron. Elle l'interpelle via l'interphone.
Docteur, pouvez-vous me rappeler le conseil que vous voulez demander à l'autre psychiatre ?

Oui, Francès, vous avez de quoi noter ? ... "Pour un point de détail sur les symptômes en filigrane de la psychose vernaculaire".

C'est noté ! Puis-je faire entrer votre patiente suivant?

Qui est-ce ?

Madame Patreau ..... Eva Patreau.

Il compulse son agenda.
Ah oui ! Elle a perdu la parole !
Bon, faites-la entrer.

Elle entre avec une cage contenant un perroquet.
Bonjour Docteur.

Légèrement surpris qu'elle parle.

Bonjour Madame Patreau, alors comme ça vous avez
perdu la parole ? Suite à un traumatisme, je présume.

Elle tombe de l'armoire ! Qui a bien pu raconter
pareilles farandoles au psy ?
Moi, Docteur, mais pas du tout !

Beaucoup plus surpris.
Mais, mais, je ne comprends pas ?
Il regarde à nouveau son agenda, puis regarde Eva,
puis regarde son agenda …
Les faits sont têtus !
Je lis là que vous avez demandé un rendez-vous parce
que vous avez perdu la parole.

Non Docteur, ce n'est pas moi qui ai perdu la parole
mais mon perroquet.
Elle prend la cage et la pose sur le bureau du docteur.
Le perroquet s'ébroue mais aucun son ne sort de son
bec crochu.
Vous voyez, il est devenu complètement muet.

Totalement déstabilisé, le psy cherche le meilleur
moyen de faire comprendre sa méprise à la patiente.
Mais je ne suis pas vétérinaire, je suis psychiatre.

Elle a une espèce de mimique ironique accompagnée
d'un haussement d'épaules et d'yeux levés au ciel. Le
psy est tellement estomaqué qu'il ne lui vient pas un
instant à l'esprit de l'interrompre.

Oui, je sais bien, Docteur, mais 'Coco' n'est pas n'importe quel perroquet, il vit avec moi depuis plus de dix ans et son mutisme a été soudain alors qu'il a toujours été un joyeux compagnon.

Et puis, je dois vous dire que je suis d'abord allée consulter de nombreux vétérinaires qui se sont tous déclarés incompétents, sauf un qui voulait lui faire une lobotomie. J'ai aussi consulté un premier psychiatre, mais il avait lui-même tant de problèmes à cause de sa maman qui ne cessait d'entrer et sortir de son cabinet en lui donnant des conseils sur tout, il m'a fait peur quand il s'est effondré complètement en pleurs dans mes bras, je me suis enfuie en vitesse avec mon Coco.

Particulièrement perplexe.
Eh bien ! Je ne sais trop quoi vous dire, je ne suis absolument pas expert en perroquet.

Oui, mais vous êtes un expert de l'âme.

De l'âme humaine, Madame Patreau, de l'âme humaine !
Et quelle différence faites-vous entre l'âme humaine et celle de mon perroquet ?
On ne nous apprend pas la psychologie des psittacidés à la faculté.

Elle ouvre de grands yeux étonnés.
Des quoi ?

Il croise les doigts de ses mains sur son ventre avec un air très docte.
Des psittacidés, c'est le nom scientifique des perroquets.

Elle ne voit pas très bien ce que ça change à son problème. Son ton est incrédule.
Ah !

Voyons, Madame Patreau, je veux dire par là que votre perroquet n'est pas un humain.

Elle ne partage pas du tout l'avis du psy, c'est le moins qu'on puisse dire et elle ne lui envoie pas dire !
Pas humain ?
Un perroquet qui vit avec moi depuis plus de dix ans, qui parle plusieurs langues, qui m'a permit de ne pas me sentir seule à la disparition de mon cher époux, qui m'a sauvé la vie par sa conversation !
Savez-vous, Docteur, ce que je serais devenue sans coco ?
Il ne s'agit pas seulement de Coco, c'est aussi toute ma vie qui est en cause.

Commençant à comprendre qu'il ne pourra pas s'en tirer si facilement
Je ne vois pas très bien ce que je peux faire, j'aimerai vous aider, mais voyez-vous, mes études ne m'ont pas préparé à un tel problème !

Elle est désespérée. De vétos en psys et autres animaleries, personne n'est capable de débloquer la parole de son perroquet. C'est un peu sa dernière chance.

Eh bien forcez-vous, Docteur, dépassez-vous, inventez, trouvez quelque chose, vous êtes mon dernier recours !

Il reste tout à fait Dubitatif.

Euh ! Je veux bien essayer, mais vous allez m'aider, n'est-ce pas ?

Elle commence à trépigner sur son siège.

Ah ! Merci Docteur, je vous en serai reconnaissante jusqu'à la fin de mes jours.

Le psy insiste sur la nécessité pour sa patiente de coopérer.

Bon ! Vous promettez de m'aider ? Je ne pourrais rien pour votre ara si vous ne m'aidez pas à comprendre les raisons de son comportement inhibé.

Eva Patreau trépigne de plus en plus sur son siège. Elle va coopérer, c'est dit !

Oui, Docteur, tout ce que vous voudrez, je suis prête à tout pour que Coco retrouve la parole.

Très bien ! Alors, racontez-moi un peu ce qui c'est passé, dites-moi dans quelles circonstances votre Coco a perdu la parole.

Elle est soudain beaucoup plus calme

Est-ce vraiment nécessaire ?

Essuyant ses lunettes pour se donner une constance.
C'est indispensable, Madame Patreau, c'est
ABSOLUMENT indispensable

Baissant la tête avec contrition.
C'est que ce n'est pas facile à raconter !

Il se penche au dessus de son bureau en direction de la
dame, très persuasif.
Je suis psychiatre, madame, c'est mon métier de
recevoir des confidences.
Se relevant et d'adossant à son fauteuil, très docte.
Dois-je vous rappeler que je suis astreint au 'secret
professionnel' ?

Gardant la tête baissée.
Oh ! Comme je suis gênée, pour qui allez-vous me
prendre ?

Conserve le silence et commence à tapoter des ongles
sur son bureau tout en fixant Madame Patreau qui
relève la tête, le voit et rabaisse la tête.

La tête baissée.
Docteur, je ne suis plus toute jeune, mais vous savez,
je n'en suis pas moins femme.
Silence. Elle se trémousse sur son siège, visiblement
très mal à 'aise.

Il y a deux mois, j'ai fait la connaissance d'un homme, ….. Un homme plus jeune que moi, … un très bel homme, …… je ne suis pas, ordinairement, sujette aux tentations de la chair,…. Je suis une fervente chrétienne, …. Je ne rate jamais la messe, …..
Oh ! Comme je suis honteuse !!
Le perroquet s'ébroue mais reste silencieux. Elle le voit en l'observant par en dessous et ça ne fait qu'accentuer sa gêne.
Vraiment, Docteur, dois-je poursuivre ?

Madame Patreau, souhaitez-vous que je vous aide, oui ou non ?

Relevant la tête pour regarder le psy.
Bien sur, Docteur, je ne demande que cela !

Alors vous devez tout me dire, ABSOLUMENT TOUT !

Baissant la tête à nouveau.
Cet homme m'a tourné la tête, je ne sais pas comment j'ai pu en arriver à cette extrémité, mais je l'ai invité à venir chez moi. ….
Silence gêné, le perroquet commence à tourner dans sa cage, le psy l'encourage du menton.
Quand nous sommes entrés dans l'appartement, Coco a dit 'Mais c'est qui celui-la ?'
Moi, je lui ai répondu 'c'est un ami'. Mais Coco a insisté 'Un ami ? Quel genre d'ami ?'.

Il m'a mis mal à l'aise, mais ce jeune homme a
commencé de me caresser, il me serrait contre lui,
m'embrassait dans le cou et me touchait partout.
(Elle se caresse)
Coco a dit 'Chocking !'
Dans sa cage, le perroquet fait des hauts et des bas.
Mais j'étais si excitée, je n'ai pas prêté attention à ce
qui disait Coco.
Long silence

Et puis ?

Elle se tord les mains, supplie en silence.
J'ai si honte ! Je suis si honteuse !

Vous devez tout me dire.

J'ai perdu la tête, j'étais sous son emprise, je ne me
maîtrisais plus, j'étais comme droguée, je ne me
rendais plus compte de rien, je me suis totalement
laissée aller !
Un nouveau silence… elle espère en avoir assez dit
…. Mais le psy lui fait signe de continuer.
Je ne saurais vous expliquer comment, mais je me
suis retrouvé allongée sur la table, et là, devant mon
Coco, il m'a prise, il m'a possédée, il m'a fait monter
au septième ciel.
Le perroquet s'agite de plus en plus au fur et à mesure
des aveux d'Eva.
Elle devient de plus en plus hystérique.

J'ai crié, je suis devenue folle, je lui disais « Ah oui ! encore, encore, vas'y, prends-moi, fais-moi tout, prends-moi comme tu veux, prends-moi …. »
Elle est complètement excitée, au bord de l'orgasme …

Le perroquet gueule.
Espèce de salope !

Soudainement interloquée, elle remet rapidement de l'ordre dans son apparence, dans ses cheveux … se tient roide et choquée. Puis elle prend un ton doux, presqu'amoureux.
Coco ! Mon Coco, mais tu as retrouvé la parole !

Le perroquet avec un ton coléreux et accusateur.
Tu n'es qu'une salope !

Le psy, quant à lui, observe tout ça avec une certaine incrédulité.
À sa tête, on voit qu'il ne parvient pas à digérer le surréalisme de la situation.

Elle ne cache pas son soulagement.
Ah ! Coco, je suis si heureuse, si tu savais !
Je ne recommencerai plus, je te serai toujours fidèle, plus jamais je ne me laisserai aller, Coco, s'il te plait, pardonne-moi, pardonne-moi mes pêchés, pardonne-moi mes errements, je t 'aime tant mon Coco !

Le perroquet, autoritaire.
Tu le jures ?

Elle prend un ton sincère.
Oui ! Je te le jure mon Coco, plus jamais je ne me laisserai aller, je suis trop heureuse, ça m'a servi de leçon, je ne recommencerai plus jamais !
Elle reprend enfin ses esprits et finit par s'adresser, reconnaissante, au psy.
Merci, Docteur, merci, vous avez redonné la parole à mon Coco, je vous suis très reconnaissante.

Croyez que j'en suis sincèrement heureux.
Elle se dirige vers la porte, emmenant la cage et l'oiseau.
Pour mes honoraires, veuillez voir avec ma secrétaire.

Certainement, Docteur, certainement.

Le psy, resté seul et dérouté se prend la tête dans les mains d'un air las.
Quel métier !

Heureusement il y a de bons côtés.
Avoir rendu la parole à ce perroquet et la sérénité à cette dame, n'est-ce pas une source de satisfaction professionnelle ?
Bon ! Pas question de raconter ça aux collègues, il se ferait charrier comme un vulgaire carabin.

D'ailleurs, est-ce vraiment satisfaisant de rendre la parole à un perroquet qui l'avait perdue par jalousie ? Même pas perdue, juste bloquée.
Bah ! Tous les métiers ont leur petit côté inconvenable, les psys ne sont pas à l'abri des hurluberlus …

La secrétaire prend son courage à deux mains et passe la tête par la porte du psy.
Docteur, j'ai toujours très mal au doigt.

Semblant ignorer la remarque de sa secrétaire.
Avez-vous pu me prendre un rendez-vous auprès d'un confrère ?

Oui docteur, vous pouvez vous présenter à 14 heures au cabinet du professeur Robert Ledingue qui a bien voulu faire une exception pour vous recevoir rapidement. Mais vous pouvez me dire merci, j'ai bien insisté sur le caractère urgent de votre problème.

Elle a fait du zèle !
Mais … Très bien ! Y a-t-il un autre patient dans la salle d'attente?

Non docteur, mais je vous dis que j'ai toujours très mal au doigt et ça ne semble pas vous préoccuper.

Avez-vous mis votre doigt dans de la glace comme je vous l'avais recommandé ?

Oui Docteur, mais vous pourriez jeter un coup d'œil !?

Elle avance vers le docteur avec un air de chienne battue en lui tendant son doigt...

Le colonel Jean Brigade sort de l'ascenseur et vient frapper à la porte du professeur Patrack, ignorant la sonnette comme à desseins.
C'est un colonel en retraite, droit comme in 'i', maigre comme un brin d'herbe, sec comme trique, nerveux comme tic, il est coiffé ras à la brosse et son visage émacié irradie la sévérité et l'ascétisme. Il est vêtu strictement d'une parqua, d'un pantalon des stocks de l'armée et chaussé de rangers. Comme personne ne vient ouvrir, le colonel prend l'initiative d'entrer.

Il lui prend le doigt, souffle dessus et lui fait des bisous, elle minaude que ça lui fait du bien, que ça la soulage et regarde le docteur avec amour les lèvres en avant et le docteur semble attiré irrésistiblement

Avez-vous fait l'armée ?

J'ai fait mes classes à Amiens. La veille de mon incorporation j'ai eu un accident d'automobile, le véhicule a fait un tonneau et j'ai eu plusieurs points de suture à l'oreille gauche. Des points de suture dans le cartilage de l'oreille … une quasi torture.

Ensuite l'armée m'a envoyé en camp semi-disciplinaire à Donaueschingen en Allemagne, du côté de la Forêt Noire. Vous inquiétez pas, je ne vais pas vous narrer tous mes faits d'arme, mais sachez, jeunes gens qui ignorez tout de la Grande Muette que l'armée c'est comme une colonie de vacances en plus viril. On apprend plein de choses qui ne servent pas à grand-chose ensuite. On vit en communauté et on fait de la psychologie de souk entre jeunes gens boutonneux.

On apprend à démonter des armes, à nommer les pièces qui les constituent et à remonter l'ensemble les yeux fermés. On apprend à marcher au pas, l'œil directeur, des chants de légionnaires, à compter en allemand … Bref ! On se fait chier.

.....

Le colonel Brigade et les extraterrestres

Mais on entend une porte claquer du côté du secrétariat et une voix tonitruante.
Colonel Jean Brigade hurle
 Y'a quelqu'un ?

La secrétaire file vers son bureau et referme la porte du cabinet en sortant comme une flèche. Quelques secondes se passent avant qu'elle n'apparaisse de nouveau dans l'embrasure de la porte.

Docteur, votre patient est là : le colonel Jean Brigade.

Faites-le entrer.

Elle est impressionnée par le style du colonel qui ne lui inspire pas plus confiance que ça.
Il est peut-être dangereux, Docteur.

Je vous dispense de vos commentaires !

Le colonel entre très altier et tend une main vigoureuse au psy.
Bonjour Docteur, je suis venu sur les recommandations d'un ami qui prétend que vous êtes le meilleur spécialiste de la place de Paris !

A du mal à cacher que l'autre lui écrase la paluche.
J'en suis très flatté.

Très supérieur hiérarchique.
Ce serait mieux de le prouver.

Propose au colonel de s'asseoir en face de lui, mais l'autre reste debout.
Je vous écoute, si vous voulez bien m'instruire de ce qui vous amène, je vois sur votre fiche que vous n'avez pas souhaité en parler au téléphone.

Affirmatif, c'est trop sérieux pour en discuter aux quatre vents.
Il observe attentivement tout autour de lui, va vers un meuble et regarde dans et sous le pot de fleurs …

Vous avez perdu quelque chose ?

Vous êtes certain de ne pas être sous écoute ?

Le psy écarquille les yeux.
 Sous écoute ?

Le colon parle à voix plus basse (c'est-à-dire normalement vu qu'il gueule tout l'temps).
Ce que j'ai à vous confier relève du secret défense, il ne faudrait surtout pas que des informations de la sorte tombent aux mains de nos ennemis ?

Commence à comprendre qu'il a affaire à un dingue –
mais après tout, n'est-ce pas son fond de clientèle ?
Bien !
Veuillez vous étendre sur ce canapé, je vais vous
écouter et …..
Soyez sans craintes, mon cabinet est parfaitement
étanche et protégé de toutes formes d'ondes y
compris les ondes cosmiques.

L'autre est plus ou moins rassuré.
Je vous fais confiance.
Je n'ai guère besoin de m'allonger sur votre canapé, je
ne suis pas venu pour une séance d'analyse, je suis
venu pour avoir une oreille attentive ….
Je détiens la preuve indiscutable que nous sommes sur
le point d'être envahis par des extraterrestres.
Il regarde le psy qui ne bronche pas, mais semble
l'écouter et l'encourager à se confier.
Ils peuvent prendre toutes les formes qu'ils veulent,
tenez, j'en connais un dans mon immeuble, il se fait
héberger par une folle et il a pris la forme d'un
perroquet et il parle plusieurs langues, c'est du moins
ce qu'elle prétend !
Mais c'est elle qui parle à sa place par je ne sais
qu'elle manipulation dont les extra-terrestres ont le
secret.

Le psy a déjà sa petite idée sur les personnages en
question mais souhaite la valider.
Et connaissez-vous son nom, par hasard ?

Mais bien sûr nom d'un tirailleur Sénégalais, c'est ma voisine, je vous dis, tout le monde connaît le nom de ses voisins et doit être à même de faire un rapport circonstancié sur leurs agissements au cas ….

Voyant que le militaire ne lâche pas le nom, il lui fait une proposition.
Ce ne serait pas madame Patreau ? …. Eva Patreau ?

Le bidasse galonné n'en revient pas !
Quoi, vous connaissez cette folle nymphomane ?

Le secret professionnel, mon général, le secret professionnel, vous devez connaître !

Colonel, professeur, pas général, mais colonel Jean Brigade …. Colonel en retraite de l'Indochine, les Viet-kong, les rizières, Dien Ben fou, la Corée, les rizières, la   jungle, les tigres, les 'crocrodiles', la patrouille, les singes, les sangsues, les réducteurs de têtes, les amazo….

Le psy l'interrompt malencontreusement.
C'est pas en Indonésie les réducteurs de têtes ?

Le colonel ne se laisse pas arrêter par ce genre de considération.
Qu'importe, mon jeune ami, qu'importe, ils sont partout, ils nous écoutent et nous observent, ils veulent tout savoir pour nous envahir et nous soumettre à leur ….

Le psy croit avoir compris.
Les Viet-kong ?

Mais non bougre de saperlipopette, les extra-terrestres, les extra-terrestres ventrechoux !

Le psy se demande ce que ce patient bizarre attend de lui.
Et si vous me disiez ce que vous attendez de moi, mon commandant ?

Le colonel a les oreilles qui surchauffent.
Colonel, vertudieu, corne de couille, pas commandant, colonel, **co lo nel** !!!!!
Oh ! Pardon mon colonel …. Alors ? Que puis-je pour vous aider …. mon …. Co lo nel ?

Le colon déballe son histoire en y mettant ses tripes.
Les extra-terrestres ont commencé l'invasion de la terre, ils ont commencé par la France car c'est le pays qui leur ressemble le plus et depuis, ils sont partout à la fois et nulle part en même temps !
Écoutez, docteur, j'ai vainement tenté d'alerter les autorités militaires et civiles de ce pays de l'imminence de l'invasion de la France par les extra-terrestres.
Ils m'ont reçu sans conviction et m'ont remercié du bout des lèvres et j'ai bien vu qu'ils n'ont pas bougé le petit doigt !

J'ai alerté le Général, qui m'a répondu qu'il n'avait plus de budget

La gendarmerie, les spécialistes des OVNI qui prétendent n'avoir rien remarqué, mais ils sont peut-être déjà ensorcelés eux-mêmes …

Les pompiers qui ont prétendu que ce n'était pas de leur ressort …

Le commissariat qui a failli me mettre dans une cellule …

La télévision qui m'a dit d'envoyer un scénario dans une agence de création télévisuelle …

Le psy interrompt la logorrhée de l'obsédé. Il cherche à lui faire dire une fois pour toutes ce qu'il est venu chercher auprès d'un psy qu'il n'a pas trouvé auprès des autres.

J'entends bien mon colonel, mais moi, que puis-je pour vous ?

Les militaires ont une idée très particulière de ce que sont les pékins ordinaires.

Vous, on vous croira, vous êtes un docteur, on vous écoutera, surtout un psy, on ne vous prendra pas pour un fou, mais il faut s'adresser aux bonnes personnes et surtout pas aux extra-terrestres qui se sont déjà installés dans la peau de terriens.

Le psy décide de frapper un grand coup pour vérifier la conviction réelle du psychopathe paranoïaque.

Quelle preuve pouvez-vous apporter de vos allégations ?

Mes quoi ?

Vos preuves confirmant vos allégations, vos soupçons, vos affirmations quand à la présence sur terre d'extra-terrestres truffés de mauvaises intentions.
Le militaire à la retraite monte sur ses grands chevaux. Encore un qui le prend pour un dingo ! Lui, un ancien militaire de carrière qui a failli mourir à Dien Ben Phu !
Quoi ! Vous non plus vous ne me croyez pas ?

Le psy essaie de faire comprendre au patient que pour convaincre les autres il faut leur apporter des preuves de ce qu'on dit.
Mon colonel, vous devez bien avoir des preuves, ou des témoignages d'autres personnes, votre simple bonne foi ne peut suffire à convaincre l'opinion publique que …

Il va s'énerver crescendo et le ton de sa voix avec …
Halte-là bougre de charlatan !
Vous ne valez pas mieux que les autres, vous êtes tout aussi incrédule et incapable d'affronter la réalité en face, vous n'avez rien dans la cafetière, vous vendez du vent et des fariboles, je ne resterai pas un moment de plus dans l'antre d'un collaborateur des extra-terrestres, vous en êtes, avouez-le, vous en êtes !!
Ce qu'il vous faut c'est un **exorciste** !!!!!
Il sort en claquant la porte … violemment.

Le psy tend vainement la main pour l'arrêter …
Pour mes honoraires ….

Le psy s'assied sur son divan.
Soigner des fous quel métier de fou !
…. Et s'endort sur le côté !

Le psy rêvasse.

Ex nihilo nihil, in nihilum posse reverti

Les militaires sont des gens qui ont pour spécialité théorique la guerre, la tuerie, la boucherie, l'élimination par les armes de l'ennemi.

Bien sûr, présenté comme ça, ça ne leur convient pas, ils préfèrent qu'on les considère comme des défenseurs de la paix de l'intégrité nationale et les garants de nos libertés.

 Mais si on y réfléchit bien … le militaire est formé pour tuer sinon il ne sert à rien.

Ce ne sont tout de même pas les guerriers qui vont négocier les conditions diplomatiques de non agression réciproque !

Leur rôle, c'est de se tenir en réserve, prêts à foncer sur l'ennemi pour lui faire la peau.

Et plus ils sont armés plus ils représentent une force de dissuasion à l'agression.

L'homme a toujours posé les mêmes questions qu'on résume, en générale par "qui suis-je, d'où viens-je et en quel état j'erre ?"

Qui peut assumer qu'il n'y a pas de sens à la vie ?

On sort un jour du néant comme toute chose, sans sens, sans nécessité et on a quelques années devant nous pour profiter de cette présence sur terre ou pour en souffrir !

On retourne au néant quand tout est joué, quand le corps n'est plus qu'une épave inerte.

Connaissez-vous une seule chose qui ne soit pas issue du néant et qui n'y retourne pas !

La vie est un oxymore. Chacun cherchant à donner un sens à sa vie qui n'en n'a pas. À notre mort, nous laissons tout en plan, là où nous en étions avec nous-mêmes et avec les autres c'est-à-dire nulle part !

C'est, je crois, cette monstrueuse inutilité de l'être qui conduisit les premiers humains à se créer une déité à travers laquelle vivre une éternité. Les tout premiers se prenaient pour des dieux, vivaient avec, les touchaient du doigt, de la langue …

Je crois aussi que ce néant a été le lit commun de tous les philosophes (sauf les abrutis, évidemment !).

Si la vie en elle-même n'a aucun sens, chaque vie est à prendre en considération indépendamment des autres même si on partage parfois des pans de vie avec d'autres entités originales et uniques.

On a, qu'on le veuille ou non, des êtres qui vécurent ou vivent des vies extraordinaires. Belles ou pas, utiles (?) ou non.

LE sens de la vie doit se décliner en sens de 'sa' vie.
Vous venez au monde, OK !

Et vous faites quoi de cet état temporel borné par les deux bouts ?

Que faites-vous entre les deux pôles de cette chance qui vous est donnée d'en faire quelque chose ?

Le paramètre 'primo' à prendre en considération, c'est le milieu social dans lequel vous êtes projeté.

Un enfant de pauvre n'a pas les mêmes armes que l'enfant de riche.

Le paramètre 'secondo' est le cerveau et ce qu'il est capable de faire.

Le 'tertio' est le corps et ce qu'on peut lui demander de faire ou pas !

L'humanité dure depuis suffisamment longtemps pour qu'on dispose d'un large panel de références humaines.

Mais là aussi le prisme déforme la pensée à cause des "historiens" à qui on demande d'éclairer le monde suivant la mode du jour !

Untel qui fut un conquérant deviendra un tyran. Cet autre qui était un poète sera banni des livres d'histoires et des bibliothèques en raison des idées qu'il 'galvaudait'.

L'histoire écrite sous le joug des maîtres politiques se façonne aux grès des hommes qui en détiennent la clé.

Je n'ai jamais aimé les cours d'histoire car j'ai deviné très jeune qu'ils étaient pipés. Ça n'a fait que se confirmer au fils de mes âges.

Le jugement, voilà un élément déterminent de la façon dont notre vie va se jouer.

Celui que l'on porte et celui qu'on vous porte.

Et puis ça se termine par le jugement final.

Les cérémonies funéraires sont, à ce sujet, pleines d'enseignements.

En quelques minutes le curriculum vitae du de cujus est expédié quand il n'est pas récupéré tout entièr par les siècles des siècles, cette formule sibylline qui ne veut tellement rien dire de l'éternité absolue inexistante.

Un des moyens de la vie c'est le travail.

Le travail a été inventé pour occuper l'esprit et enrichir ceux qui ont tout compris.

Le travail s'exécute dans un métier.

Les métiers évoluent et on met des dizaines d'années à acquérir une maîtrise et quelques années à perdre tout savoir faire. Mais l'important c'est qu'on a été bien occupé, bien détourné de toute introspection existentielle. Par contre on aura consacré bien du temps à s'interroger sur le pourquoi de telle ou telle décision prise vous concernant. Que ce soit en bien ou en mal.

Car un paramètre délicat du sens de la vie, est le contact avec les autres.

Il vient nécessairement un moment où le sens de notre existence croise le sens de la vie des autres.

Ça commence avec les parents qui vous imposent leur point de vue du sens de leur vie qu'il vous souhaite conforme à la leur …

Puis, les plus terribles d'entre tous, les éducateurs.

Ah les enseignants …. Je ne vais pas vous en parler, vous savez déjà ce que j'en pense. Mais quel sens donnent-ils à votre vie ? Ils ont les mêmes objectifs que vos parents (qu'ils enseignèrent) et les historiens qui font partie du binz. Ils cherchent à donner à votre vie le sens que les puissants ont besoin que vous adoptiez.

Le sens de la vie est une équation, l'expression d'une sinusoïde aléatoire.

Notre vie est faite de fluctuations de bas en haut de haut en bas de bonheurs en malheurs de joies en peines … mais avance inéluctablement vers la chute.

Je ne parle pas de sensiblerie mais de philosophie.

Quel sens donner à notre vie ?

Celui qui n'arrive pas à donner un sens à sa vie n'a fait que chercher l'introuvable. La question n'est pas celle du sens de la vie mais celle de la façon dont on joui d'un bien temporel borné sachant qu'ils sont nombreux à vouloir vous en frustrer à vouloir vous voler votre temps déjà bien limité.

Certains de nos contemporains ont besoin de réconfort pour compenser leur état de désolation. Les uns compensent par l'alcool, d'autres se goinfrent, d'autres deviennent chasseurs se vengeant sur de pauvres bêtes qui ne sont pour rien dans leur bêtise, d'autres, encore, se réfugie dans la religion qui leur fournit un alibi les détaxant de leurs responsabilités … et puis on a les fous des astres qui ont la tête dans les étoiles. Pour ceux là, la réponse est dans l'astrologie, la course des astres ordonne tout et conduit leur vie. Toutes les questions existentielles trouvent, pour eux, leurs réponses dans le ciel.

Ne souriez pas, c'est très sérieux ! La preuve : la Sorbonne a ouvert ses portes à madame Teissier. La "science" repose sur des principes bien établis qui lui confèrent une certaine rigueur scientifique tout comme le font les religieux qui affirment que la terre est plate et que le soleil tourne autour de la terre qui a été crée par un dieu tout puissant mais pas tout l'temps et pas pour tout l'monde !

La crédulité est un vecteur extrêmement puissant et efficace.

Armand Toulletand consulte un astrologue
La porte de l'ascenseur s'ouvre sur un homme d'un
certain âge assez opulent. Ses yeux sont couleur
lavasse et ses cheveux gras. Il est coiffé d'un chapeau
ridicule du genre Borsalino des années vingt informe.
Il n'est pas bien habillé du tout, il porte une veste
froissée de lin vert bouteille sur une chemise à la
couleur indécise, oscillant entre le jaune et le bleu à
moins qu'elle ne soit à rayures ? Il est chaussé de
bottines éculées. Il n'est franchement pas reluisant.

Il sonne à la porte du psy.

La secrétaire, Francés Nympheau entrouvre la porte
du cabinet et annonce.
Monsieur Toulletand, Armand Toulletand.

Le psy se lève brutalement et va à son bureau en
baillant.
Entrez monsieur Toulletand.

Armand Toulletand.
Bonjour monsieur, vous êtes bien le professeur Elie
Patrack ?

Mais oui cher monsieur.

En plus, le bonhomme n'entend pas bien.
Comment ? Parlez plus fort, s'il vous plaît, je suis un peu sourd

Parle plus fort.
Je vous répondais que **oui**, je suis bien le professeur Patrack, pour vous servir, cher monsieur.

Ah ! On m'a dit le plus grand bien de vous !

Le professeur est très flatté d'entendre dire du bien de lui. Nous sommes tous plus sensibles aux compliments qu'aux critiques iniques. On aime bien aussi savoir qui dit du bien de nous.
Mais j'en suis très heureux !
Et peut-on savoir qui vous a donné ces bons renseignements ?

C'est mon banquier, monsieur Piquassiette.

Il n'a jamais entendu ce nom … Mais bon, un compliment c'est toujours bon à prendre, autant laisser planer le doute.
 Ah oui ! Je vois !
Mais visiblement, il ne voit pas du tout.
Bien ! Allongez-vous sur ce divan, cela facilitera la consultation.

Le bonhomme s'allonge bien volontiers, même s'il est un peu surpris et, en aparté:

Ca commence plutôt bien, il m'a l'air sérieux !

Parlez-moi de votre enfance, monsieur Toulletand.

Deuxième surprise. Mais bon à chacun ses méthodes.
Mais je croyais que vous pouviez déduire le passé du
présent ?

Il ne doit pas avoir consulté beaucoup de psys, il n'a
pas l'air très au fait des pratiques du métier. Ce n'est
pas grave. Ce n'est ni le premier ni le dernier, du
moment qu'on prend le temps d'expliquer, ça se passe
bien en général.
Oui, c'est le diagnostique que j'entreprendrais quand
vous m'aurez expliqué vos antécédents.

Ah ! C'est comme ça que vous prédisez l'avenir ?

Décidemment, ce patient est vraiment vierge en
matière de psychiatrie.
 Eh bien, on peut dire ça comme ça …. Effectivement,
je vous aiderai à maîtriser votre futur quand j'aurais
compris votre passé.

Je suis né le trente et un décembre mille neuf cent
cinquante, naître un trente et un, c'est une mauvaise
date car à un jour près, j'aurais un an de moins pour
l'état civil !

Patrack prend des notes sur son calepin et encourage
le patient par des 'hum', des 'oui' ….

Et savez-vous l'heure à laquelle vous êtes né ?

Justement, par malchance, je suis n é à vingt trois heures cinquante. Je suis donc du signe du capricorne …

Le psy s'en fout, mais comme ça semble faire plaisir au patient …
C'est très bien, ça !

Ah ! Merci professeur !

Le psy souhaite passer aux choses sérieuses.
Bon et vos parents ? Parlez-moi de vos parents ?

Il est content, Armand, il sent que ça prend forme.
Ma mère est du verseau et mon père du lion.

Ce n'est pas vraiment le genre d'info qu'un psy peut exploiter (sauf à la Sorbonne).
Très bien, très bien, mais comment avez-vous été élevé, quelle ambiance y'avait-il à la maison ?

Quelle question !
Ben …. Euh … ça allait, nous avions de quoi manger à notre faim et de quoi nous vêtir ….

Vous aviez des frères et sœurs ?

Ben v'là aut'chose !!! Il doit confondre avec ses ascendants ?

Ah ! Non, professeur, est-ce grave ?

Le doc se fait docte.
 Rien n'est grave, tout est important pour reconstituer
votre profil !

Armand avait plutôt entendu parler de carte du ciel.
Ce voyant est original.
Ah je vois, c'est comme ça que vous travaillez !

Cent fois sur le métier remettez votre ouvrage
(comme disait Pénélope).
Allez, parlez-moi de vos parents et de votre enfance.

Ça lui reprend, se dit Aramnd. Mais bon, y'a pas
grand-chose à dire.
 Oh vous savez, comme je viens de vous le dire, j'ai
eu une enfance très posée, très calme …. Je ne vois
vraiment pas quoi vous dire de plus ?
Il se touche l'oreille, il s'énerve, il s'agite, il se tourne
de côté, puis de l'autre …
Zut ! Voilà mon appareil acoustique qui débloque, les
piles doivent être mortes !

Le psy s'inquiète … pour la forme.
Et c'est vraiment embêtant ?

Armand n'entend plus grand-chose.
Vous savez, c'est vraiment embêtant ! Je n'entends
plus grand-chose sans mon appareil !

Le doc s'inquiète … pour la suite.
Ca va pas être facile !

Oui, c'est la pile !

Qu'importe les détails, se dit Patrack, avançons,
avançons …
Bon, où en étions-nous ….. Ah ! oui, vos parents et
votre enfance, apparemment, vous n'en gardez que de
bons souvenirs, c'est bien ça ?

Armand est du même avis que le psy … avançons,
avançons …
Oui, je voudrais que vous me fassiez mon thème
astral car j'ai rencontré une femme qui me plaît
beaucoup et ça semble être réciproque.

Rien n'va plus !
Votre thème astral ! ? Mais où vous croyez-vous, chez
un mage ?

Ah ! il a enfin compris son problème marital astral.
C'est exactement ça, vous m'avez bien compris, je ne
voudrais pas la demander en mariage si nos thèmes ne
sont pas compatibles !

Patrack prend le temps de réfléchir à la situation.
Écoutez, monsieur Toulletand, je pense que vous vous
êtes trompé d'étage, le mage est à l'étage au dessus, je
vais vous faire accompagner par la secrétaire à

laquelle vous règlerez mes honoraires qui s'élèvent à
cinq cents euros.

Armand ne bouge pas du sofa.
Oh la la ! Mais c'est terrible ce que vous me dites là !

Allons, ce n'est pas catastrophique, puisque je vous
dis que ma secrétaire va vous accompagner.

Quiproquo … vous avez dit quiproquo ? Quand ça
veut pas … Ça veut pas !
Non, c'est pas ça, je ne suis pas sectaire, mais si vous
me dites que les Sagittaires n'auront pas bonne santé,
comprenez que je m'inquiète car ma fiancée est,
justement, du Sagittaire !

Se parle à lui-même.
Il n'entend vraiment rien, ce bonhomme !

Vous vous inquiétez aussi, oui, je comprends, j'aurais
du commencer par vous dire qu'elle est du Sagittaire !

Patrack se lève et va à son bureau. Il y prend un carnet
et un stylo et revient vers le patient. Il écrit sur le
carnet et le montre au patient tout en lisant :
La séance est terminée.

La séance est terminée ? ….. Mais nous venons à
peine de commencer !

Même scénario … écrit et lit.

Vous êtes chez le psychiatre, je suis le professeur Elie
Patrack de la faculté de médecine.

Il se redresse vivement sur le canapé.
La faculté ! Mais c'est l'astrologue que je suis venu
voir moi !!!
Il se tripote l'oreille et soudain, son appareil
remarche !
Ah ! ça remarche je peux à nouveau entendre !

Patrack ne perd pas le nord et va à l'essentiel sans
laisser le temps au bonhomme de se ressaisir.
Vous me devez cinq cents euros que vous règlerez à
ma secrétaire qui, ensuite, vous conduira chez
l'astrologue qui habite l'étage au dessus.

Bien entendu, Armand ne l'entend pas de ce sonotone
!
Cinq cents euros, mais je ne vous ai rien demandé,
moi, fallait le dire tout de suite que vous êtes un
charlatan et que vous passez votre temps à plumer les
gens, c'est une honte, je me plaindrai à la faculté …

Patrack qui a conservé un mauvais souvenir de son
précédent client parti sans demander son reste ni
payer ses honoraires, se lève et va fermer la porte à
clef, puis revient auprès de Toulletand et … écrit et
lit.
Si vous ne me payez pas mes honoraires tout de suite,
je vous remets entre les mains de la police !
Il se dirige vers son bureau et parle dans l'interphone.

Mademoiselle Nympheau, préparez-vous à appeler la
police

Pour Armand, tout fout l'camp !
Mais vous êtes un escroc de la pire espèce, un
terroriste, un bachibouzouk, un taliban, un bandit, une
canaille, je vais lui dire, moi, à la police ce que vous
êtes …..

Le psy reste serein… écrit et lit.
Vous êtes dans mon cabinet en train de faire un
esclandre, à qui croyez-vous qu'elle donnera raison …
Puis à l'interphone.
Mademoiselle ….

Armand est coincé. Il sort son portefeuille et paie le
psy.
Vous entendrez parler de moi, ça ne se passera pas
comme ça ….
Le psy déverrouille la porte.
Armand sort en ruminant et claque la porte

Le psy harassé se plaint d'une journée vraiment
exténuante.
Je suis mort !
Il décide de s'allonger un instant sur son canapé pour
se reposer ….
Et s'endort sur le côté !
Il ronfle …. S'agite et, finalement, se met sur le dos
les mains sur la poitrine.

Exorcisme

Vous savez sans aucun doute que l'exorcisme, vieux de plusieurs millénaires, trouve son apogée en France au haut moyen-âge ($VI^e - X^e$ siècle).

Jeanne d'Arc fut l'une des victimes de cette croyance hérétique. Mais pas seulement en France.

Vous connaissez peut-être la grotte aux sorcières de Zugarramurdi (Espagne Navarre - Pays Basque). Une immense grotte servait de lieu de rite. On y brûlait les sorcières et les sorciers. Ces femmes et hommes étaient, le plus souvent, des personnes faibles d'esprit dont le comportement erratique importunait les braves gens qui ne comprenaient pas qu'on puisse déroger aux dogmes hiératiques.

L'autre, quand il est différent, fait peur. Il n'y a pas loin de la peur à la mort. Quand le mysticisme s'en mêle, le fou devient démon, démoniaque, paria.

Certaines condamnées se laissaient docilement traîner jusqu'au bûcher sous la haute voûte de la grotte et brulaient dans d'atroces souffrances en silence, convaincues de leur propre possession. D'autres hurlaient d'un bout à l'autre, se démenant comme des diablesses, prouvant ainsi leurs accointances avec le malin, leurs contorsions leur causant de profondes blessures aux poignées et aux chevilles lacées qui ne faisait qu'ajouter à leurs douleurs.

Quand on se concentre un peu sous cette voûte, on peut entendre les cris horribles des sorcières se consumant dans les flemmes soit disant purificatrices.

Mais qu'est-ce vraiment que la retraite ?

Mon équipe de reporters s'est jetée sur la question à corps perdu et voici les fruits de leur enquête.
Nous avons rencontré un vieux monsieur tout plié en quatre dans une maison de retraite il nous a déclaré :
« Moi, du moment qu'on me laisse tranquille avec mon sirop d'orgeat et mes nougats, je n'en demande pas plus. »
Le reporter :
« Et que faisiez-vous dans la vie avant d'être à la retraite ? »
Le vieux :
« Je vendais des lunettes pour chiens d'aveugles. »
Le reporter :
« Et ça payait ? »
Le vieux :
« Tu veux reprendre le boulot ? »
Il lâche un pet monstrueux et une infirmière aux aguets derrière les rideaux du salon accourt lui foutre une grand claque dans la gueule. Le vieux tombe de son fauteuil et s'écrase le museau sur le carrelage qui se couvre de rouge sang.
Notre reporter aide le vieux à remonter sur son siège tout en agonissant l'infirmière aux gros bras. Celle-ci, n'appréciant guère de se faire agonir devant le petit personnel et les vieux débiles fout une mandale à notre reporter et lui casse les incisives.

Les pompiers arrivent dans leur voiture rouge tintinnabulante immédiatement suivie du car de police 'sirénant'.

Tout le monde se retrouve en garde à vue et le vieux claque d'un arrêt cardiaque du cœur.

Nous avons mis plus de trois jours pour récupérer notre reporter qui a démissionné.

Aux dernières nouvelles, il vendrait des cravates pour chiens d'aveugle (les aveugles n'y ont vu qu'du feu !)

Notre second reporter s'est rendu dans la maison cossue d'une veuve cacochyme et nympho.

Il a été accueilli à bras ouverts et nichons en avant.

Pas de bol pour la vieille, notre reporter est homo et gay.

Du coup, la rentière m'a appelé pour que je reprenne mon reporter inutile que j'ai foutu à la porte pour manque d'investissement personnel dans son job.

J'ai gagné aux prud'hommes et je suis allé interviewer moi-même personnellement la vieille bique.

Après de longues effusions baroques et interminables, elle a remis ses nichons dans le truc qui lui sert de soutif, remis ses poils dans sa petite culotte d'un goût plus que douteux (dessins de Volinski imprimés en relief sur la culotte qui pourrait contenir cinquante kilos de patates !).

Nous nous sommes attablés devant une théière vide (la vieille prétend qu'elle n'a pas les moyens de se payer du Darjeeling des Indes du sud), et la discussion a pu commencer.

Moi :

« Dites-moi, chère petite madame, que pensez-vous de la retraite ? »

Elle :

«Tu peux m'appeler Ramona, et ce que je pense de la retraite n'est pas très avouable. »

Moi :

« Mais encore, Ramona ? »

Ramona :

« Je pense que l'âge de la retraite devrait être plus tôt car vois-tu, mon beau ramoneur, avec la bouffe qu'on nous fait bouffer, il est vraisemblable que la durée de l'espérance de vie va considérablement diminuer dans les décennies qui vont venir. »

Moi :

« Vous voulez dire, chère Ramona, qu'on nous empoisonne volontairement pour que nous n'ayons pas l'heur de jouir convenablement de nos retraites ? »

Ramona :

« Tu causes bien mon gentil bouc, dis, tu veux bien me caresser le nombril pendant que je te réponds ? » Je m'exécute, me sacrifiant pour te ramener, fidèle lecteur, le meilleur des reportages sur les retraites .....

« Hummmm .... Oui, encore, c'est bon ..... je disais donc qu'effectivement, j'ai la conviction que

Monsanto est financé par les riches terriens pour faire descendre drastiquement la démographie populaire et permettre aux nantis de se retrouver avec un nombre d'esclaves restreint et facilement manipulables. Tu sais, mon adorable chatouilleur que les capitalistes chinois ont beaucoup de mal avec leurs milliards de petits bons hommes qui courent partout et qui sont trop nombreux pour qu'on les foute tous en prison. »

Je suis resté perplexe devant les arguments de mon hôtesse qui avait fini par retirer son excentrique petite culotte et avait conduit ma main jusqu'entre ses énormes jambons ….. Je n'avais pas fini de réfléchir quand un jeune homme est entré dans la pièce sans frapper l'huis ni crier 'gare' !

Ramona :

« Mon bon saucisson, je te présente mon fils unique et chéri :

Pédro d'el Carillon é Estafilade.

Non, non, tu peux laisser ta main il ne se choque pas de ce genres de mondanités intimes et chaleureuses.»

Pédro :

« Bonjour monsieur saucisson, vous êtes venu prodiguer des soins intensifs à ma douce maman ? »

Moi :

« En fait, je suis reporter au journal 'Ons lapa du gros chêne' et je suis en train d'interviewer votre pétulante maman et mon nom n'est pas Saucisson mais Yfig. »

Pédro :

« Eh bien je vous souhaite bien du courage et je vous laisse à votre condition. »

 Moi :

« Attendez beau tourtereau, n'auriez-vous pas un mot ou deux à me dire sur ce que vous-même vous pensez de la retraite et de votre occupation professionnelle ? »

Pédro :

« Je suis traider à la BAAR 'Banque d'Athènes et d'Ankara Réunis' et je pense avec mes coreligionnaires de bureau que la retraite est un pari sur la mort !»

Moi :

« Pourriez-vous être plus précis ? »

Pédro :

« Eh bien si tu vis plus longtemps, tu touches plus de retraites et si tu meurs jeune, tu touches des clopinettes.

Tout le but des pourvoyeurs de retraite consiste à allonger la durée de cotisations pour qu'elle rejoigne ou presque la durée de l'espérance de vie des travailleuses – travailleurs.

Ainsi, tu cotises sans jamais toucher ta retraite et les banques se font du gras avec tes sous. »

Moi :

« Mais ce ne sont pas les banques qui gèrent l'argent des retraites ! ? »

Pédro :

« Et c'est qui, alors ? »

Je n'ai pas eu le temps de répondre !

Ramona qui n'en pouvait mais de notre conversation érudite s'est jetée sur moi et son gros sein droit est venu mal à propos se ficher dans ma bouche tout en obstruant mon nez. J'ai fini à l'hosto mais j'ai accompli mon devoir de reporter et j'espère, cher lecteur, que tu sauras apprécier mon œuvre.

L'abbé Thyse exorciste

L'ascenseur crache un drôle de paroissien !

Un type vêtu d'une grande robe noire corbeau descendant sur ses chaussures noires. Il porte un col blanc, un chapeau bizarre tout rond, noir aussi.

En fait, il porte la soutane, c'est un prêtre exorciste, un drôle d'oiseau de mauvaises augures au faciès angulé et tanné d'un grand voyageur. Ce qui se confirme au vu de la sacoche noire sur laquelle sont collés des autocollants de différents pays …

Il ne prend pas la peine de sonner, il entre d'autorité.

Francès, qui s'était assoupie, sursaute à la vue du curé.

Elle peine à réagir et bafouille …

Mais que … mais qui … mais …

L'homme en noir fonce droit à la porte du psy et l'ouvre pour y entrer.

La secrétaire hurle :

Mon père, mon père, non, attendez …. Monsieur l'abbé … monsieur l'abbé Thyse ….. vous ne pouvez pas ….

L'exorciste cherche sa proie. Il la trouve, gisant sur le divan les mains sur la poitrine dans la position du de cujus.

Où est l'agonisant ? …   Ah ! le voilà !

Il ouvre sa sacoche et en extirpe un crucifix, un chapelet, une gousse d'ail, une marionnette de Mickey et une poupée vaudou à l'effigie du président de la République ! Il fait des gestes avec le crucifix, agite les aulx au dessus du visage et du corps du psy, pique des aiguilles dans la poupée ….

Te deo abdominem vertatis cum officia multibus rapidat carnacium ….hummmmmm !!!! amen !

Il continue en marmonnant dans sa moustache et en agitant ses colifichets …..

Au bout d'un moment de ce cinéma, le psy finit par se réveiller !

Mais qui êtes-vous, que faites vous dans mon cabinet ?

L'abbé Thyse.

Mon ami, ne vous agitez pas, dans votre état, vous devez rester calme, je suis là, je suis là pour vous aider dans cette ultime épreuve et je recommande votre âme au bon dieu afin que vous soyez accueilli comme ….

Le psy se redresse et s'assied sur son canapé en faisant face à l'abbé resté à genoux

Mais c'est quoi ce baragouinage ?

Je suis l'abbé Thyse, mon frère, le colonel Brigade m'a averti qu'il y avait ici un homme ensorcelé par les forces obscures du mal et je suis venu vous aider et vous exorciser pour faire sortir de votre corps et de votre âme les démons qui l'habitent et le hantent et …
Pendant les dialogues qui suivent, l'abbé ne cesse jamais de pratiquer des rituels de désenvoûtements en agitant en tous sens ses amulettes et en maugréant des paroles inaudibles …

Quoi ! Le colonel Brigade, celui qui est passé tout à l'heure et qui prétend que nous sommes envahis par des extra-terrestres ?

Exactement ! Et je suis venu à votre chevet aussi vite que j'ai pu !

Mais il a raconté n'importe quoi, il est en train de développer une psychose et vous feriez mieux de m'aider à convaincre votre frère de se faire soigner.

Oui, bien sûr, mais allongez-vous là que je vous administre les saints sacrements et les prières exorcistes.

Le psy essaie bien de faire son métier et d'alerter l'abbé sur le cas désespéré de son frère …
Mais, monsieur l'abbé, vous ne comprenez donc pas ce que je vous dis !?
Votre frère est gravement malade, il lui faut des soins psychiatriques, sinon, il risque de sombrer

définitivement dans la folie ….   Vous m'écoutez, monsieur l'abbé ?

L'autre s'en fout comme de son prémier ave.
Oui oui, ne vous préoccupez pas de moi …. J'ai bientôt fini …

Patrack (en apparté)
Mais celui-ci est aussi fou que son frère !

L'abbé Thyse continue ses imprécations à voix forte.
Orbi et urbi in Jerusalem tuum corpus exit habilis et vociferem ad libitum exit satanam et pericoloso sporghesi cum veritas belzébuth et infernus infernam ejaculat …
Un grand bruit étrange et mystérieux se fait entendre avec des cris comme venus de l'enfer, des claquements, des hululements ….

Le psy sursaute et se dresse tout surpris et effrayé

Francés entre brutalement (elle a un énorme pansement au doigt)
Docteur, que se passe-t-il ? C'est quoi tout ces fracas qui viennent de votre bureau ?

L'abbé se veut rassurant.
Ce n'est rien, mademoiselle, tout va bien je viens d'exorciser votre patron !

Le psy à la secrétaire.

Ne l'écoutez pas, mademoiselle Nympheau, cet homme là n'a plus toute sa tête

Voilà, docteur, vous pouvez partir en paix, je vous ai débarrassé de vos démons. Ca vous fera six cents euros.

Le psy s'étouffe !
Quoi ! Six cents euros, mais vous perdez la boule ….
Euh , je veux dire 'vous déraisonnez' ! C'est plus que ma propre consultation !

Mon fils c'est un tarif d'ami, parce que vous m'avez été recommandé par mon frère, le colonel Brigade, parce que normalement, c'est cinq cents euros pour les sacrements plus cinq cent euros pour l'exorcisme.

Le psy est catégorique !
Je ne vous ai rien demandé, je ne vous dois rien !

L'abbé Lève les bras en 'V' au dessus de sa tête et un fracas de bruits commence à gronder. Il se fait menaçant vis-à-vis du psy et la secrétaire va se cacher derrière le bureau. Il dit d'une voix caverneuse d'outre-tombe … et les bruits recommencent …
Voulez-vous que je rappelle vos démons ?

Non, c'est bon … mademoiselle Nympheau, veuillez donner son dû à monsieur l'abbé Thyse.

Elle sort prudemment de derrière le bureau et file par
la porte en évitant l'abbé qui la suit de près après
avoir remballé tout son barda …
J'y vais, docteur, tout de suite !

Vous aimez les contes de Noël ?

Celui-ci se passe un 24 décembre, pendant le réveillon, quand la plupart des gens se repaissent de foie gras, de dinde fourrée et de frites bien grasses qu'on fait passer avec un bon bourgogne … Certains triment dur pour assurer la sécurité et le salut de celles et ceux qui vivent dans la rue.

Il neige.

Un passant appelle le SAMU, devant lui, un SDF vient de tomber sur le trottoir, le nez dans la neige, victime d'un infarctus.

L'ambulance arrive et prend en charge le pauvre hère.

À l'intérieur, les ambulanciers se rancardent pour trouver un lieu d'accueil pour la victime …

- Allo ! Allo, le central, ici ambulance 115, vous me recevez ?

- Ici le central, je vous écoute.

- Nous avons une crise cardiaque, nous l'avons réanimé, mais il flanche, il nous faut un lit.

- Vous êtes où ?

- Nous sommes rue de Rivoli, ça fait vingt minutes qu'on tourne autour de l'obélisque.

- Continuez de tourner, je cherche un hôpital.

Il fait froid, en dessous de zéro, mais fort heureusement il fait sec, pas de verglas à redouter pour l'immédiat.

Il fait assez chaud dans l'ambulance, mais l'infirmière et son collègue commencent à fatiguer, c'est la deuxième fois qu'ils le font revenir à la vie c'est un homme d'une quarantaine d'années.

Il a le visage livide et on peut lire sur ses traits la douleur malgré le semi coma.

L'infirmière fait de son mieux pour le rassurer.

- Tenez bon, monsieur, on s'occupe de vous, le central va vous trouver un lit, vous allez être bien soigné, choyé par les petites infirmières du service cardiaque ….

Tenez bon, on va vous sauver ….

….

Ca fait maintenant quatre fois qu'ils le sauvent. L'ambulance tourne depuis deux heures autour de l'Obélisque.

- Allo ! Allo central, qu'est-ce que vous foutez bordel, on va plus pouvoir tenir encore longtemps, à la cinquième réanimation, j'ai peur qu'il ne s'en remette pas, il faut l'hospitaliser …. Maintenant !

- Désolé ambulance 115, j'ai fait tous les hôpitaux, je suis désolé, vraiment désolé, il n'y a aucun lit, vous devez tenir bon, il n'y a rien d'autre à faire, désolé

…

- Mais c'est pas vrai, c'est pas possible, vous vous foutez de nous, ce type va mourir, c'est une hyper urgence, vous ne pouvez pas nous laisser avec ce type sur les bras !!!! ….. allo ! allo ! …… allo ! central, répondez nom de dieu !!!

L'homme est mort, la cinquième fois, rien à faire, il n'a pas supporté, le coeur a lâché pour de bon. Il est mort.

…….

- Allo ! Central, il est mort …. Trouvez nous une morgue pour le déposer.

- Désolé, vraiment désolé qu'on n'ait pas pu le sauver, je vous cherche une morgue….

………………..

- Allo, ambulance 115, je suis confus, je ne sais pas comment vous annoncer ça ….. les morgues sont pleines, pas une place !

………………

- On peut plus continuer comme ça, à tourner avec un macchabée autour de l'Obélisque !

C'est le chauffeur de l'ambulance qui vient de parler.

- T'es gentil, mais on fait quoi ? Même les morgues ne peuvent pas nous débarrasser !

…………….

- Attends, j'ai une idée. Monsieur, monsieur (elle tapote l'épaule du mort) on ne

peut plus vous garder, il faut rentrer chez vous, vous m'entendez, monsieur, on va vous laisser là !

Ils se sont arrêtés près d'un banc du jardin des Tuileries, ils l'ont posé là, dans le froid qu'il ne sentait pas, et ils s'en sont repartis dans la nuit pour secourir d'autres malades ….

Le service de nettoyage de la ville a enregistré un SDF mort de froid sur un banc du jardin des Tuileries.

On l'a enterré avec les autres ….. Dans le bois de Vincennes.

Du coup, j'ai fait ma lettre au Père Noël.

Mon bien cher père noël,

Comme tu dois être fatigué !

Nous, ici, sur terre, on ne comprend pas toujours tes intentions !

Cet SDF, qu'avait-il fait de mal pour mourir dans une telle misère ?

Comprends, cher père noël, notre émoi !

Bon ! Après tout, un dérapage peut arriver, nul n'est parfait.

Tu sais, mon petit papa noël, que nous somme bonnes pâtes, certes naïfs et gogos, mais il y a des limites à tout !

La France profonde sera bientôt restructurée, abandon des communautés de communes, des départements, des régions, des maires, des cantons, des villes, des villages, des maisons, des ruines, des cabinets au fond du jardin ….

Si ça continue à se rythme, il nous faudra bientôt quitter la France pour la laisser à qui en voudra.

Croyez ……. Seul mot d'ordre d'une république qui n'a plus aucun repère philosophique ni moral !

Cher père noël, je te le demande instamment, quand ta hotte sera vide et que tous les jolis joujoux auront été délivrés à qui tu sais …. Fais-moi un beau cadeau, mets moi dans ta hotte, je ne suis pas bien grand et je te serai utile pour soigner tes rennes et diriger tes gnomes en les encourageant à travailler toujours plus pour gagner moins, oublier leur condition d'esclaves et à manger moins pour ne pas devenir obèses.

Elie Patrack consulte le professeur Ledingue

Le professeur Patrack gare son gros 4X4 flambant neuf le long du trottoir, met une pièce dans l'horodateur et le ticket de parking sur son tableau de bord, bien en vue. Il a deux heures devant lui avant sa prochaine consultation.

Il pénètre dans l'immeuble cossu de l'avenue du petit papa Noël et suit les flèches qui le mènent jusqu'au cabinet du psychiatre qui a bien voulu le recevoir à l'improviste.

Il sonne à la porte sur laquelle est installée une plaque avec inscrit :

"Professeur Robert Ledingue"

La secrétaire du deuxième psy, Armelle Leplat, ressemble comme deux gouttes d'eau à celle de Patrack. On dirait un sosie ou une sœur jumelle.

Monsieur le professeur ?

Oui Madame Leplat

Un confrère psychiatre a pris rendez-vous pour que vous le receviez en urgence !

Qu'il entre, nous verrons bien !

Le professeur Ledingue fait tomber son stylo au moment ou le professeur Patrack pénètre dans le cabinet, il plonge sous le bureau pour le récupérer.

Patrack remercie Ledingue de le recevoir au pied levé.
Merci cher confrère d'accepter de me recevoir quasiment sans rendez-vous.

De dessous la table.
C'est normal, vous avez dit à ma secrétaire qu'il s'agissait d'une urgence, vous souhaitez un avis sur un point de détail concernant les symptômes de la psychose.
Foutu stylo ! Allongez-vous sur le divan, j'arrive tout de suite … je cherche mon stylo …..

Patrack va s'allonger sur le divan.
Oui, je connais les usages, je suis l'un de vos confrères.

Ledingue se relève et aperçoit le docteur Patrack . Se parlant à lui-même.
Bougre ! Mais c'est mon escroc qui m'a ponctionné cinq cents euros !
Il s'assied, selon les usages, derrière le patient qui ne peut le voir et maquille plus ou moins sa voix en prenant un ton très professoral.
Je vous écoute, cher confrère, qu'est-ce qui vous amène ?

Ah ! Cher confrère, je suis à bout, je vais craquer, je n'en puis plus !
Il fait une pause, cherchant quelque encouragement ou réconfort.

Continuez …

Cher confrère, je ne sais pas comment vous faites pour supporter notre métier, ce n'est pas un sacerdoce, c'est un enfer, les autres sont l'enfer, chaque client est un envoyé du diable qui nous traque pour nous pousser à la folie qui les possède ! Comment résister à toutes ces extravagances ?

Oui, je vous entends, continuez …

Ah ! Comme ça fait du bien de pouvoir vider son sac, surtout à un confrère qui comprend nécessairement les maux de notre profession !

L'autre reste mystérieusement silencieux.

Je ne suis pas seul à péter les plombs, vous savez …. Tenez, pas plus tard que ce matin, j'ai eu à ma consultation un autre confrère qui développait une paranoïa tendant vers une schizophrénie …. Ce pauvre diable se croyait persécuté par sa mère qui lui donnait des conseils sur la conduite de sa vie et sur la façon de traverser la rue dans les passages cloutés …

Ledingue l'interrompt. Il pense que Patrack est sacrément gonflé de le traiter de 'pauvre diable', lui qui vient pleurer sur son épaule !
C'est notre lot, cher confrère, notre fonds de commerce !

Oui, c'est vrai, je ne dis pas autre chose, mais tous ces fous ………….. Moi, ça fini par me rendre dingue !!!!

De pauvre diable, le voilà promu 'fou'.
Confiez-vous, cela vous fera du bien.

Toujours bien installé dans le confortable canapé, Patarck poursuit son analyse.
Eh bien, ensuite, j'ai reçu une nymphomane contrariée (c'est-à-dire mal baisée …), qui venait pour que je soigne son perroquet polyglotte dont elle était amoureuse et qui avait perdu la parole.

C'est fou !

Je ne vous le fais pas dire ! Le plus surprenant, c'est que j'ai décoincé le perroquet et qu'il s'est remis à parler comme vous et moi !

Ne jamais contrarier un fou ! Mais si on peut s'en débarrasser …
Oui, bien sûr ! Vous vous sentez mieux ! ?

Attendez, vous allez voir, la suite de ma journée ….
C'est ….. Comment dire ? …… **in vrai sem bla ble** !

Je vous écoute.

Un militaire à la retraite a fait irruption dans mon cabinet pour me demander de l'aider à faire passer l'information selon laquelle la terre est sous la menace d'une invasion par des extra-terrestres !

Le psy confirme.
Ah ! c'est extravagant !
Mais, c'est bizarre, ça me rappelle quelqu'un ……
il se gratte le menton l'air dubitatif …

La curiosité de Patrack est attisée.
Ah oui ! ?

Je n'arrive pas à recoller … mais continuez, ça me reviendra …

Le militaire se fâche contre moi parce que je ne crois pas son histoire, il part sans payer et je tombe d'épuisement sur mon sofa.

Il répond mais on sent qu'il est ailleurs … il cherche ce que cette histoire lui rappelle.
Quelle aventure !

Mais ce n'est pas fini !

Dommage !
Ah bon !

Un individu louche, l'air hébété, sourd de surcroit se trompe d'étage et croit consulter son astrologue. J'ai cru devenir fou mais je n'avais pas encore eut le pire …

Un prêtre rentre en force dans mon cabinet et prétend m'administrer les derniers sacrements et m'exorciser de mes démons ….

Ledingue commence à comprendre ce qui est arrivé.
Aïe !

Et devinez quoi ?

Il est envoyé par le militaire à la retraite qui voit des extra-terrestres partout !

Patrack interloqué fait un bon sur le sofa.
Ben comment avez-vous deviné ??????

Simple, cher confrère, ces deux là agissent de concert, ce sont deux minables truands à la petite semaine qui font le coup chez les médecins du quartier, quand le militaire sent que le médecin est au bord de l'épuisement, il envoie son frère pour l'arnaquer ! Et voilà !

Patrack n'en revient pas … il s'est fait escroqué par deux larrons minables et n'a même pas su le déceler !
Mais c'est invraisemblable, c'est monstrueux, abuser de la faiblesse des gens, ça n'a pas de nom ….

Et combien vous ont-ils pris ?

Patrack quelque peu penaud.
Six cents euros.

Ledingue se marre à moitié.
Et bien, ils n'ont aucun scrupule. Dites-moi, cher confrère, cette consultation vous a-t-elle apporté le réconfort que vous en attendiez ?

Oui, je dois admettre que je me sens mieux d'avoir pu me confier et transférer un peu du poids de mes soucis professionnels vers vous.

Tout va pour le mieux dans le meilleur des mondes.
Très bien, cher confrère, vous pouvez aller régler mes honoraires à ma secrétaire. Et portez-vous bien !

C'est le consensus général.
Oui, merci, portez-vous bien aussi …

Le professeur Patrack sort, mais à peine a-t-il fermé la porte qu'on l'entend s'égosiller de l'autre côté de la porte …

Patrack hurle …. Puis le son de sa voix se fait de plus en plus faible.
Quoi ! ? Comment ! ? Mille euros, mais c'est un scandale, une escroquerie, une filouterie, je me plaindrai au conseil de l'ordre, mille euros une

consultation, on n'a jamais vu ça, ça ne se passera pas comme ça, je remonterai cette affaire, je me plaindrai à qui de droit …. Je ne vais pas en rester là vous entendrez parler de moi …

Corsaire ou pirate, il faut choisir son bord !
Hier, je suis allé à la bibliothèque, j'ai consulté le journal de Doublet, mais c'était celui recopié par Bréard à partir de l'incunable qui se trouve à Rouen … Les recopies, n'est-ce pas !

Le bibliothécaire le conservait jalousement comme si c'était l'incunable.

C'est drôle, les gens font passer leurs fantasmes avant la réalité. Et puis, ils ne prennent pas le temps de vérifier, ils décident en fonction de leurs désirs sans se soucier de la réalité ni des autres !!!

En fait, le livre de Bréard est en vente sur internet à des tas d'exemplaires et dans deux éditions.

Bon, dire que le récit est palpitant serait malhonnête de ma part. C'est absolument pas littéraire, il ne s'embarrasse pas de transition ni même de descriptions - ni mobilier, ni étoffes, ni personnages ... rien ..... et c'est fort dommage car il est invité chez des nobles, à des fêtes et il visite Londres, et Amsterdam ...... etc. ....

Contrairement à la légende, Doublet qui avait embarqué sur le navire de son père à son insu ne s'était pas caché dans un panier, ni dans une barque, mais dans la "baraque" d'un membre de l'équipage qui s'est allongé sur lui au moment de sa relève et l'a découvert mais trop tard. Le navire était trop loin pour faire demi-tour.

Ils faisaient des baraques sur les bateaux, espèce de lits cages si on veut ! Pourtant on ne voit pas ça dans les reconstitutions ..... Plus tard, Doublet a eu le privilège d'avoir une baraque dans la chambre du capitaine d'un navire ..... Je crois que ce sont ces petits détails qui sont intéressants, qui en disent long sur la vie à bord. Et puis jusqu'à cette lecture, je n'avais jamais entendu parler de ces baraques de bord !

Avec son père, il pêche la morue aux îles Madeleine (du prénom de sa mère) et les bébés phoques qu'ils tuent à l'aide d'un bâton armé d'un couteau (1630 environ)

Plus loin, il raconte qu'il se tient à l'écart de tous car, récupéré après un naufrage, il a été mis avec les matelots alors qu'il était "géographe" (en fait, grâce à son éducation et vraisemblablement à son intelligence, il fut un excellent navigateur, c'est attesté par des lettres d'autres capitaines qui parlent de lui en termes élogieux.) .... alors il boude parce qu'il ne fait pas partie de cette fange !

C'est vrai que sa mère lui a fait étudier le latin ! Mais il semble avoir du mal, au début de sa vie, en tout cas, avec l'anglais ... Il parle français avec eux ..... Vous en connaissez, vous, des anglais qui baragouinent le frenchy ?

Bon, j'ai emprunté un autre livre qui serait, d'après l'intro, les récits de Doublet mais dans une langue plus proche de la notre. Moi, je n'ai pas ressenti d'efforts à lire la langue de Doublet, à côté du vieux françois de Villon de 1549 (édition Clément Marot), c'est du petit lait !

Le plus remarquable dans la biographie de Doublet, c'est que toute sa vie il n'a cessé de changer de bord, passant du statut de corsaire du roi, protégé par les accords internationaux à celui de pirate sans protection même quand il agissait en mission royale. Un jour pillant un bateau anglais pour le roi, le lendemain vandalisant un navire mauresque rempli d'or pour son propre compte.

Il a fini au même âge, exceptionnel pour l'époque, que son roi, 78 ans, riche et puissant.

On n'a jamais retrouvé son magot … avis aux chercheurs de trésors !

Aimez-vous les expressions triviales ?

"Tirer le diable par la queue", en connaissez-vous l'origine ?

Cette vieille expression populaire est tirée d'une vieille locution latine : tirare el diablo per la couillo !

Première remarque, en latin, on le tire par les couilles et non par la queue ! Deuxième remarque, la queue du diable est insensible alors que ses couilles .... Donc, les romains, lorsqu'ils n'étaient pas contents de leur consul, se réunissaient en 'congrégation de récrimination' (en latin : rouspetam reunionum).

Ils désignaient un de leurs membres comme 'de couillus tiram' (celui qui tire les couilles).

Armé d'un sac à billes et d'une lambrinette à col briquet, le tireur de couilles allait rendre visite au consul en catimini et char à bœufs.

Il faisait semblant de participer au dîner de Platon, mais lorsque venait son tour de prendre la parole, il se jetait sur le consul et d'un geste rapide, il lui tirait les couilles de la main gauche et de la droite serrant fort la lambriquette, il les lui coupait en hurlant au grand dam de l'assistance médusée : "te couilli mordicus diablocus" : je vais donner tes couilles à manger au diable (mais en fait il les donnait aux cochons parce qu'il ne savait pas où trouver le diable à une heure si tardive !).

Vite il se carapatait en jetant derrière lui les billes sur la mosaïque représentant un lion en train de bouffer une vierge en nuisette transparente. Les poursuivants roulaient maladroitement sur les billes et se cassaient la gueule.

Voilà, je vous ai tout dit de l'histoire vrai de ce vieil adage qui a traversé glorieusement les ans pour perdurer jusqu'à nos sinistres jours où les royalistes ont remporté une bataille mais n'ont pas gagné la guerre !!

La prochaine fois je vous narre la suite du 'de couillus tiram' (celui qui tire les couilles) avec la vraie vérité sur l'expression : vade rétro satanas.

Chantal Troudeballe est-elle enceinte ?

La jeune femme qui vient de sonner à la porte du bon docteur en psychologie est une charmante personne. C'est une rousse flamboyante, pleine de vie et de bonne humeur.

Elle est vêtue d'une ample robe légère et bigarrée. Elle porte un sac à main et des chaussures assorties. Elle est assez grande et alerte car pas encore trop forte. Elle a un beau sourire élégant. Son handicap, c'est d'être coquette et myope comme une taupe.
La secrétaire la reçoit très cordialement avant de prévenir le psy de sa présence.

Armelle Leplat dans l'interphone.
Professeur, votre prochaine patiente, madame Chantal Troudeballe est là, dois-je la faire entrer ?

Le professeur Robert Ledingue.
Avait-elle rendez-vous ?

Non professeur, mais elle a l'air tellement sympathique … je ne me vois pas la renvoyer, d'autant que votre rendez-vous n'est toujours pas arrivé …

OK, Madame Leplat, faites-la entrer s'il vous plaît.

Chantal Troudeballe porte de grosses lunettes, elle se cogne dans la porte, puis dans le bureau et manque rater la chaise …
Bonjour docteur, excusez-moi, mais j'ai perdu mes lentilles de contact, hier soir à la piscine et je n'ai que ces vieilles lunettes avec lesquelles je ne vois pas grand-chose mais quand même mieux que sans lunettes …
Elle aperçoit un tableau au mur.
C'est un Picasso ?

Non ! Un Miró !
Mais asseyez-vous, Madame Troudeballe, je vous en prie.

Merci docteur, vous êtes bien aimable.
Elle manque rater la chaise.

Qu'est-ce qui vous amène, madame Troudeballe ?

Je voudrais que vous me fassiez le test.

Certainement, avez-vous une préférence ?

Chantal Troudeballe masque son étonnement, elle ignorait qu'il y avait plusieurs tests.

Oh non, je vous fais entièrement confiance.

Très bien, je vous propose le test de Rorschach encore appelée test des taches d'encre.

Comme vous voudrez, docteur.

Le psy présente la première planche à sa patiente.
Dites-moi ce que vous voyez, comment vous interprétez ce dessin ?

Elle approche la feuille de ses yeux, presque à toucher ses lunettes. Elle est perplexe, elle ne comprend pas ce que ce test va lui apporter par rapport à son problème.
Euh …. Vous êtes sûr que ça va donner un résultat ?

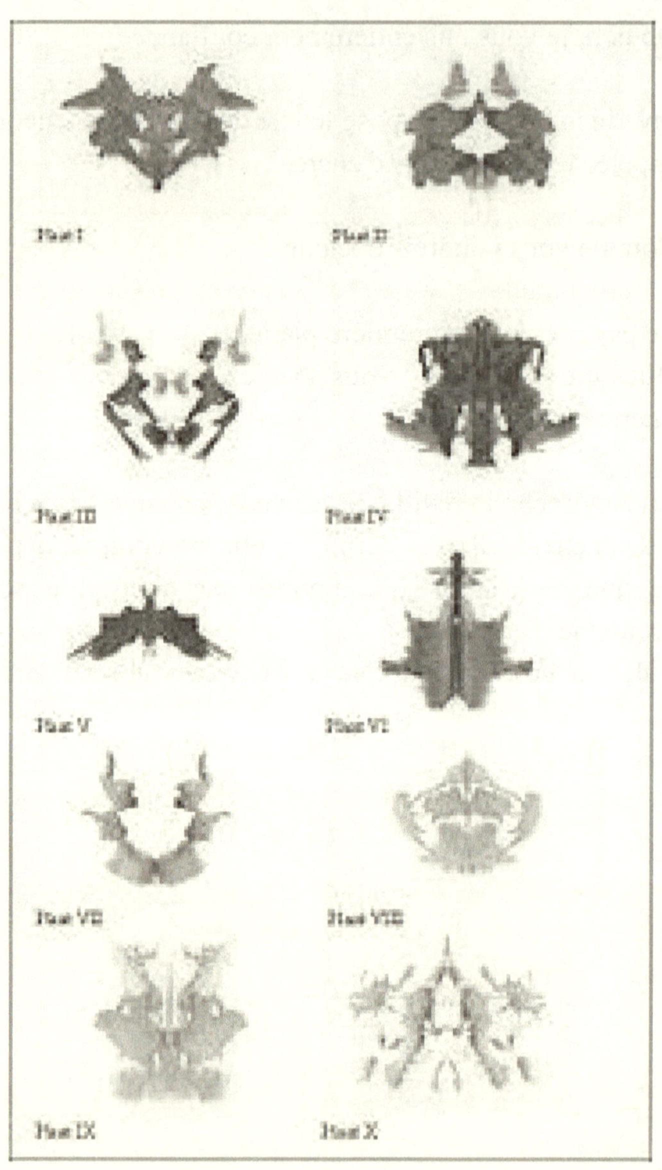

Le psy est catégorique.

Madame Troudeballe, ce test est pratiqué scientifiquement depuis 1950, il a fait ses preuves et vous pouvez avoir confiance.

Si vous le dites !

Alors, que vous inspire ce dessin ?

À chaque tache, elle approche la feuille tout près de son visage … à le toucher …. Et le tord dans tous les sens.
Je vois un masque, un masque de loup, un loup garou à l'air très féroce.

Très bien. Et dans cette seconde tache, que voyez-vous ?

Je vois distinctement le bassin d'une femme, une femme enceinte de jumeaux et un sexe d'homme en rouge qui continue de la sodomiser malgré son état. C'est excitant !

Parfait ! Je vois que vous vous appliquez. Et dans cette troisième tache ?

Oh la la, c'est compliqué, je vois des femmes africaines qui bercent leurs enfants pendant que leurs maris, en rouge, leurs tripotent les seins …

Sur un ton à la fois légèrement interrogatif et surpris.
Ah !

Ça la rend un peu inquiète.
C'est grave ?

Non, non, pas du tout, c'est tout à fait normal, rien
n'est grave, mais tout est important .... Continuons
avec cette quatrième tache.

Ragaillardie par les encouragements du docteur, elle
continue de se prêter au jeu avec innocence et
sincérité.
Oh, c'est drôle, je vois un homme allongé, les bras
tout rikiki avec des jambes écartées chaussées de
grosses bottes et il a un énorme sexe qui lui pend
entre les cuisses …. Ça doit sûrement le gêner pour
marcher !

Passons à la cinquième tache.

Ben …. Un papillon, franchement, je ne vois pas ce
qu'on pourrait voir d'autre !

Voici la sixième.

Je vois un sexe de femme surmonté de son clitoris.

Septième.

Ah ! Se dit-elle, enfin, on y vient …
Une femme enceinte d'au moins huit mois ….. est-ce
que j'ai bon ?

Il ne s'agit pas d'avoir bon ou non, mais de vous évaluer en fonction des interprétations que vous faites des dessins que je vous propose.
Passons au huitième.

Elle ne comprend vraiment pas la remarque du toubib, elle réfléchit quelques secondes … mais non … elle ne voit pas ce qu'il veut dire.
Ah ! ça change, il y a de la couleur. Je pense que c'est sûrement un homme qui serre une femme contre lui et ça l'excite terriblement ….

Voyons la neuvième …

Ah ! ça se précise, cette fois, l'homme pénètre la femme qui a son tour est toute excitée, ça se voit aux vapeurs jaunes qui s'échappent de son sexe.

Et la dixième et dernière.

C'est l'apothéose, l'orgasme total et partagé entre la femme et l'homme et ça fait comme un feu d'artifice où toutes les couleurs se mélangent puisque tous les plaisirs sont partagés entre l'homme et la femme ….. c'est beau !

Le psy range ses planches.
Bon ! le test est terminé.

Chantal.
Et vous en déduisez … ?

Eh bien, normalement, il faut un peu de temps pour analyser les réponses, mais dans votre cas, je crois qu'il y a un diagnostique assez évident de développement obsessionnel sexuel qui se dégage nettement.

Elle élève la voix, visiblement déçue par le test.
Quoi ! ? C'est ça que votre test donne, que je suis une obsédée sexuelle ??

Le psy est assez gêné, mais ne veut pas non plus se récuser
Ben …. Disons que dans votre cas, c'est assez flagrant et …..

Chantal Troudeballe est de plus en plus énervée ….
Elle crie presque.
Non mais dites donc, qui est-ce qui a choisi ces images ? C'est vous, c'est pas moi, c'est donc vous l'obsédé, c'est pas moi et puis ça ne me dit pas du tout si je suis en ceinte ou pas, je savais bien que votre test était une arnaque, comment pouvez-vous savoir si je suis enceinte en me faisant regarder des taches, vous êtes un escroc !!!!!

C'est à son tour d'être interloqué et déboussolé par les dires de la patiente.

Comment ça si vous êtes enceinte, les tests de Rorschach sont des tests de personnalités, ça n'a rien à voir avec la grossesse !

Et pourquoi croyez-vous que je suis là, pour me faire des tests sur ma personnalité ?? Ça va pas, non ! Je suis là pour savoir si je suis enceinte et demander un IVG si c'est le cas !

Le psy se dit que ça lui servira de leçon, accepter de prendre une patiente qui n'a pas rendez-vous peu créer des problèmes.
Un IVG ! Je suis psychiatre, madame, pas faiseur d'anges !

Elle n'en revient pas !
Psychiatre ! ? Vous n'êtes pas gynécologue ?

Pas du tout et de plus, je suis contre l'assassinat des enfants, je vous déconseille formellement d'envisager un quelconque avortement, vous devez penser qu'avorter est un assassinat, tuer un enfant est un crime, vous devez y renoncer …..

Mais de quoi je me mêle monsieur le spécialiste des taches, en fait de psychiatre, je vous verrais plutôt en blanchisseur ….

Mais madame, vous n'avez pas lu la plaque à l'entrée de mon cabinet, c'est écrit en gros que je suis psychiatre, pas gynécologue !

Alors pourquoi m'avez-vous fait ce test idiot au lieu
de m'ausculter ?

Le psy s'énerve de l'obstination de sa patiente.
 Mais parce que je suis psychiatre et qu'un psychiatre
fait des tests idiots ….. Euh ! Non, vous me faites
dire n'importe quoi, et en plus vous me faites perdre
mon temps !

Elle est forte celle-là !
Et moi, vous me le faites pas perdre, mon temps ! ?

Il n'en peut plus et souhaite mettre fin à ce quiproquo.
Restons en là, vous règlerez à ma secrétaire.

Elle n'en revient pas du culot du psy !
Régler ! ? Mais régler quoi, vos taches ? Vous n'avez
qu'à vous acheter une machine à laver, ne comptez
pas sur moi pour payer pour vos sales taches !!!
Elle se lève et se dirige vers la porte non sans se
cogner dans le mur en la cherchant …

Le psy se fait très autoritaire, il ne va tout de même
pas se faire avoir encore sur ses honoraires !
Madame, vous m'avez pris de mon temps, vous me
devez mes honoraires, c'est la loi !

Ah oui ! eh bien la loi c'est que vous vous moquez du
monde et que vous êtes gynécologue comme je suis
vache à lait !

Elle se cogne dans la porte, l'ouvre et sort. Puis on entend un grand bruit d'objet qui se casse.

Ledingue devient fou, il appuie convulsivement sur son interphone.
Madame Leplat, madame Leplat …

Elle finit par répondre dans l'interphone.
Oui, Professeur !

Il crie.
Madame Leplat, ne laissez pas partir la cliente, il faut qu'elle me paie mes honoraires !

La secrétaire est bien ennuyée et un peu ironique aussi.
Trop tard, Professeur, elle a pris la poudre d'escampette après avoir fait tomber votre beau vase Ming qui est tout cassé !

Il se prend la tête entre les mains et parjure.
Quel métier de fou !

Le coup du parapluie

Notre époque est certes formidable, comme toutes les autres avant celle-ci, mais elle n'est pas que formidable, elle est aussi extraordinaire.

 Comme mon pote iPidi se morfond dans sa tour de Babel (oued) – trop de lecture tue la lecture et puis, faut voir ce qu'il lit, des trucs à foutre le bourdon à une ruche entière !

J'ai donc décidé de faire fi de ma timidité et de ma fierté personnelle pour lui narrer ma petite aventure de ce jour et qui m'arriva il y a quelques minutes …. Si ça peu lui dérider les fesses, j'aurais rendu service à la France et à la choucroute de Mont de Marsan.

 Il y a donc de cela une ou deux heures, la sonnette de la porte d'entrée tintinnabule gaiement comme chaque fois qu'on la chatouille.

Je vais à la dite porte et l'ouvrant, je tombe nez à nez avec notre voisine, femme célibataire depuis qu'elle a décidé de vivre seule.

- Auriez-vous de allumettes à me prêter ?

Me questionne-t-elle de sa voix minaude.

- Mais oui, bien sûr, entrez, je vous en prie.

 Eh oui, plus poli que moi, y'a pas !

Je file à la cuisine chercher la boîte de bâtons soufrés (c'est fini depuis longtemps, l'usage du soufre, mais comment dire ?) et les tend à cette brave voisine.

- C'est pour allumer les bougies de mon gâteau d'anniversaire.

Me précise-t-elle.

- Ah ! mais alors, joyeux anniversaire, chère voisine !

- Vot' dame est pas là ?

- Elle est partie rendre visite à sa maman qui s'entraîne pour le marathon de New-York.

- Ah bon ! Elle a quel âge ?

- 82 ans.

- Mais alors vous êtes tout seul ?

Et le ton de sa voix avait quelque chose de bizarre, d'indéfinissable.

- Oui, je travaille sur internet, j'écris des conneries pour dérider les fesses à iPidi !

Elle se met à rigoler comme si elle était au courant.

- Si vous voulez, je vous invite à partager mon gâteau.

Me dit-elle avec des espèces de paillettes pétillantes dans les yeux.

- Je ne veux pas vous importuner….. Et puis si iPidi apprend que je me laisse distraire, il risque de ne plus rire du tout ! Vous comprenez, il fait une grave dépression consécutive à la perte de son ongle du gros orteil.

- Bougez pas, je vais chercher mon gâteau et on le mange ensemble.

Avant que j'ai le temps de lui expliquer que …. Que …. Euh ! Ça ne m'arrange pas vraiment, elle disparaît. Oh pas longtemps, à peine quelques minutes.

Elle s'est installée sur la table de la véranda, a allumé ses bougies, que je n'ai pas eu la goujaterie de compter, puis elle les a soufflées.

En mangeant le gâteau, il m'est venu une idée particulièrement imbécile. Je lui ai, en effet dit :

- Si j'avais su, je vous aurais acheté un cadeau, une chose qui vous plaise et vous soit utile, qui vous fasse plaisir, quoi !

Elle m'a regardé d'une façon vraiment spéciale et puis sans crier gare, elle s'est levé et est venue s'asseoir sur mes genoux en me susurrant à l'oreille :

- Ca pourrait être toi mon petit cadeau.

J'étais bien trop interloqué pour avoir une réaction censée. D'ailleurs, avant que mes petites cellules grises se remettent en route, elle a collé ses lèvres humides dans mon cou en me léchant et en aspirant doucement comme une sangsue ou un vampire.

Je suis hypersensible du cou (des genoux aussi, d'ailleurs) j'ai donc fait un bond incontrôlé et nous sommes partis à la renverse. Mais elle, est restée scotchée à mon cou et elle a continué à pousser son avantage en me léchouillant sans vergogne. Je me débattais comme un asticot à son hameçon, mais rien n'y faisait. Alors, je me suis raisonné en pensant que plus je me débattais, plus ça l'excitait. Je me suis roidi et n'ai plus bougé. Si on m'avait mis une boîte de sauce tomate entre les fesses, elle aurait explosé.

Effectivement, elle a changé de cible et j'espérais qu'elle allait décrocher, mais j'ai compris que la bosse de mon pantalon trahissait de ma part une certaine excitation réciproque.

Avant que j'aie le temps de réciter un pater et deux noster, je me suis retrouvé à poil ! Mon pantalon a volé comme un étendard et mes chaussures ont sauté comme des ballerines. Puis, j'ai senti que mon mât glissait dans sa bouche chaude et humide.

J'ai fini par me laisser totalement aller en attendant la suite passivement.

C'est évidemment à ce moment que ma femme est entrée. Elle avait oublié son parapluie et malgré le grand beau temps, ma femme ne peut se passer de son pépin qui lui apporte l'assurance de rester au sec.

A la vue du spectacle, elle s'est saisie de son parapluie et j'ai regretté de ne pas avoir le mien pour me protéger de l'averse de coups que nous avons reçu. La voisine, les nichons à l'air s'est levé mais n'a pu éviter quelques bons coups sur la tête … elle s'est emparée de son gâteau et l'a projeté sur la tronche de ma femme qui s'en est trouvée interloquée et aveuglée.

J'en ai profité pour me saisir de mon portable et m'éclipser subrepticement pour monter dans notre chambre à l'étage d'où je suis en train de vous narrer cette aventure.

Mais j'entends des pas ….. Elle arrive …… Adieu, mes amis, je sais que vous m'avez bien aimé malgré mes turpitudes et mon caractère acariâtre !

Je vous lègue cette histoire dans la crainte de ne plus
vous revoir !
Adieu
Astalavista
Auviederzen
Tchao
Byebye
Kenavo …..
Ne m'oubliez pas, pensez à moi de temps à autre …..
Restez sobres et propres sur vous ….. Évitez les
mauvais coups ….. Soyez bons avec votre voisine,
mais pas trop !!!!
Adieu
Adieu, je ne crois plus vous revoir, mais je le
regrette !!
Vite ! Je clique avant que ma femme fasse exploser la
porte …

Jean Poche est parano

La secrétaire entre dans le bureau avec un dossier à la main et s'inquiète de voir le docteur la tête entre ses mains.
Professeur, ça va ?

Il se prend la tête entre les mains et parjure.
Oui, ne vous inquiétez pas madame Leplat, c'est juste un petit coup de fatigue passager. Est-ce que le prochain client est là ?

Elle pose le dossier du patient sur le bureau.
Oui, professeur, il s'agit de monsieur Jean Poche qui a pris rendez-vous il y a une semaine. Il se dit rentier et a l'air passablement énervé et confus.

Le psy, fataliste.
Bon, faites-le entrer, on verra bien ….

Effectivement, dans la salle d'attente, un vieux monsieur à la tête chenue au costume froissé et aux chaussures sales, passablement énervé, tourne en rond comme un fauve en cage. Il baragouine et maugrée des paroles mâchées incompréhensibles tout en agitant les bras.

La secrétaire vient le chercher et l'emmène au bureau du psy qui accueille le patient et lui propose un siège

Bonjour monsieur Jean Poche, puis-je savoir ce qui vous amène ?

Jean Poche s'assied mais montre des signes de nervosité et parle avec confusion
Bonjour docteur, ce que j'ai à vous dire doit absolument rester entre nous.

Le psy le rassure.
Je suis astreint au secret professionnel, tout ce que vous me direz ne sortira pas de ce bureau.

Je ne sais pas très bien par où commencer ?

Ledingue.
Le mieux serait que vous vous allongiez sur mon divan, cela vous détendrait et vous aiderait à vous confier à moi.
Il entraîne Jean Poche jusqu'au divan où ce dernier s'allonge, mais gigote toujours un peu.

Au bout d'un moment, Poche lance d'un jet.
Docteur, ma fille est folle !
Puis il se tait …..

Le psy prend le temps de réfléchir aux propos laconiques du vieillard. Au bout d'un moment …
Pouvez-vous m'en dire plus ?

Jean Poche hésite, ça se voit …. Il saute sur le divan,
s'assied, se rallonge, commence une phrase mais
s'arrête au deuxième mot …. Il est très perturbé …
Je … euh …. Comment dire ? ….. Je …. Ah ! ….
Oh ! …. Que c'est difficile …..

Le Professeur Robert Ledingue prend une voix grave
et lente pour essayer de le calmer …
Ne vous énervez surtout pas, monsieur Poche, prenez
votre temps, respirez profondément et prenez le temps
de construire vos phrases, rassemblez tranquillement
vos idées, ordonnez-les, commencez par celle qui
vous semble la plus lointaine et n'hésitez pas à bien
vous détendre et à vous relaxez, laissez-vous aller et
continuez de respirer profondément …..
Jean Poche va succomber à la voix grave du psy et va
rapidement s'endormir et ronfler !
Le bougre, il ronfle !
Il lui touche l'épaule , puis le secoue pour le réveiller
…
Monsieur Poche, monsieur Poche, réveillez-vous, il
faut vous réveiller, il est l'heure de vous réveiller ….
Il le secoue fort …

Jean Poche se réveille, fait un bond …
Mais arrêtez donc de me secouer comme un prunier,
je ne suis pas sourd, je m'étais juste un peu assoupi,
mais ça y'est, je suis bien réveillé !

Le psy.
Bon ! Alors, si vous voulez bien, reprenons où nous
en étions ….. vous vouliez me parler de votre fille ….

Ah ! oui, Amélie …. Elle s'appelle Amélie et elle est
devenue folle !

Le doc en aparté.
On n'avance pas ! ….
À Jean Poche.
Dites-moi, monsieur Poche, qu'est-ce qui vous fait
dire qu'elle est devenue folle ?

Jean Poche.
Oh ! ça ne s'est pas fait en un jour, c'est une longue
histoire ….

Le psy recadre son patient.
Je veux bien écouter cette histoire si vous avez la
bonté de bien vouloir la raccourcir, vous savez qu'une
séance ne dure que quinze minutes et nous en sommes
déjà à dix !

Ça va créer une chamaillerie.

Ce n'est tout de même pas de ma faute si vous
endormez vos patients, je demande un rallongement
de cinq minutes pour compenser ma perte de temps en
sommeil de votre faute.

Écoutez, monsieur Poche, depuis que vous êtes entré, tout ce que vous avez réussi à me dire, c'est que votre fille Amélie est folle. A ce train de sénateur, j'ai bien peur que même vingt minutes ne soient pas suffisantes, et pourtant, votre accusation est grave, on ne traite pas sa fille de folle sans de bonnes raisons !

Une chamaillerie peut en cacher une autre.

Eh bien vous voyez !

Que dois-je voir ?

Vous parlez tout le temps et je n'ai jamais la parole
…..
Un silence.

Le psy est arrangeant (mais l'autre ne peut pas le voir quand il lève les yeux au ciel).
Allez-y, parlez, je vous écoute …

Le pauvre est perdu.
Mais c'est que je ne sais plus où j'en suis, moi, avec toutes vos interruptions !

Votre fille, Amélie …

Ah ! oui, elle est folle !

Ledingue en aparté.
Il va me rendre chèvre !

À Jean Poche
Mais encore ?

Elle veut me tuer ! …..
Un silence court …

Le psy est stupéfait.
Vous tuer ! ?

Oui, elle est devenue folle !

En aparté.
Oh la la, ce que ce bonhomme peut m'énerver !
À Jean Poche.
Selon vous, elle est devenue folle parce qu'elle veut vous tuer ou elle veut vous tuer parce qu'elle est devenue folle ?

Surpris par la complexité de la question.
Vous pouvez répéter la question ?

Je préférerais que vous continuiez à m'expliquer le problème de votre fille ….

Jean poche reprend ses explications.
Vous savez certainement que je suis un homme politique très influant et respecté et un homme très riche ?
Il attend un acquiescement …

Ne jamais contredire les fous, c'est un principe universel et incontournable.
Je vous crois !

Eh bien ma fille s'est mise en tête, depuis qu'elle a rencontré ce Gérard, de me tuer pour toucher l'héritage. Vous pouvez l'interner pour me protéger.

Ledingue en aparté.
Allons bon, le bonhomme me prend pour la police !
À Jean Poche, en faisant un gros effort pour parler calmement alors qu'on sent chez lui une forte exaspération.
Monsieur Jean Poche, je suis professeur en psychiatrie, ancien interne des hôpitaux de Paris, externe à l'hôpital de Charenton, je ne suis pas commissaire de police, si vous soupçonnez votre fille d'en vouloir à vos économies et de projeter de vous faire du mal, il faut, vous devez absolument vous adresser à la police, pas à un psychiatre ! Suis-je clair ?

Mais docteur, c'est déjà fait, seulement la police ne veut rien entendre tant que je ne suis pas tué ! C'est comme ça, c'est le commissaire lui-même qui me l'a expliqué, il m'a dit :
« Attendez que votre fille vous tue et ensuite nous pourrons enregistrer votre plainte ! »

Ledingue, se parlant à lui-même.

Le bonhomme dit peut-être vrai, il me semble avoir déjà entendu pareille histoire ….
À Jean Poche.
Ce que vous dites est peut-être vrai, mais il n'en reste pas moins que je ne peux rien faire pour vous.

Mais si, docteur, vous pouvez interner ma fille, ce qui me protègera !

Non, monsieur Poche, pour ce faire, il me faudrait une commission rogatoire d'un juge qui aurait été saisi par le commissaire de police …. Vous voyez, on tourne en rond !

Jean Poche est visiblement énervé.
Donc, vous êtes comme la police, vous attendez qu'on m'ait assassiné pour réagir !

Mais non, monsieur Poche, je me soumets à la loi qui m'oblige à suivre ses règles, je n'y peux rien !

Je ne sortirai pas de ce cabinet tant que ma fille ne sera pas internée.

Je vais être obligé d'appeler la police si vous n'êtes pas raisonnable.

Appelez-la donc, comme ça, nous aurons une véritable explication !

Parle dans l'interphone.

Madame Leplat ….

La secrétaire, à l'interphone.
Oui professeur …

Le psy.
Veuillez appeler la police …

La secrétaire.
Oui professeur mais j'ai là une demoiselle Amélie
Poche qui voudrait vous voir …

Jean Poche.
Ah ! Je ne me sens pas bien, c'est le poison, j'ai mal
au ventre, c'est le poison ….

En aparté.
Mais qu'est-ce qu'il me fait encore
… À l'interphone.
Attendez un peu madame Leplat, monsieur Poche fait
un malaise, je vais voir ce qu'il a et je vous rappelle
…..
À Jean Poche qui se tord sur le divan en geignant.
Alors, qu'est-ce qu'il vous arrive ?
Il l'ausculte, l'autre crie quand il lui appuie sur le
ventre ….
Vous avez une légère crise d'appendicite, aggravée,
peut-être par la présence de votre fille, ne vous affolez
pas, vous n'avez rien de grave, un empoisonnement
ne se traduit pas du tout par les symptômes que vous
présentez !

Jean Poche se calme assez soudainement.
Ah ! bon !

À l'interphone.
Madame Leplat, faites entrer mademoiselle Poche …

La secrétaire dans l'interphone
Bien, professeur …. Et pour la police ?

Attendez un peu …

Curriculum Vitae Fractal

J'ai reçu par la poste mon relevé d'activités, ma reconstitution de carrière pour le calcul de ma retraite.
Au-delà du caractère administratif de ce document, se dessine en filigrane la fractale d'une vie.
Non, je n'étais pas volatilisé, dissout dans on ne sait quelle inexistence !
Ces trous dans ma carrière ne sont pas anodins, j'ai su, moi, échapper à votre vigilance, à vos ordinateurs, à vos cerbères fidèles.
Je n'ai jamais été le servile serviteur de vos entreprises astreignantes.
Bien au contraire, je me suis servi de vos facilités pour mes propres plaisirs, de vos appétits pour mieux nourrir les miens.
Vous avez, à votre insu, convoyé mes errances et financé mes fugues.

Et quand l'heure des comptes sonnait, je vous tirais ma révérence vous laissant ce point d'interrogation que vous remisiez illico dans vos caves oubliettes.
Il me faut à présent vous dire où j'étais et ce que j'y faisais car si je laisse ces trous sans les remplir, vous

allez vous venger de ces incertitudes dont je vous gratifiais en sautant sans escale de vie en vie.

Vous allez me léser et garder la part de mon dû.

 Quand je vous aurais enfin tout dit, tout dévoilé de mes pérégrinations, vous n'en saurez pas plus.

Vous allez, de mes années éclatées, de mes fractures ouvertes, dessiner un profil qui ressemblera trait pour trait à ces fractales absurdes qui se veulent la représentation mathématique d'une vie.

 Je ne saurais me contenter d'une fractale aseptisée et froide, indifférente, métallisée, inodore.

 J'ai besoin de voir les traits du pinceau, de voir l'erreur de la main et de l'œil et parfois la beauté du geste, l'interrogation, la supercherie, l'hésitation ….. et surtout, j'ai besoin de sentir, de sentir l'huile et l'alcool et les résines, tous ces parfums âcres et enivrant qui excitent et cautérisent l'esprit.

 Mais cette perfection dans l'image numérique à pixels variables …. Ça a quelque chose d'effroyablement inhumain !

 Cette image que vous allez tirer de mes âges successifs ne montrera jamais les heures et les fêtes, les plaies et les luttes, les désespoirs, les espérances, les devoirs, les caresses les oublis.

Cette image ne sera qu'une trace sur les sentes du temps, comme une bave d'escargot au petit matin sur la vitre.

Une trace de limace qui revient sur sa route qui, croyant s'être trop avancé, a peur de se perdre.

Ma trace, cependant, sera droite, sans écarts, sans piétinement … mais vous n'en verrez rien car je ne vous en donnerai pas la clef.

Il y a maintenant longtemps que j'ai compris qu'on ne devient pas mais qu'on est !

On est très exactement ce que les autres font de vous !

Vous êtes connu, ou, et ça revient un peu au même, votre œuvre est connue si on en parle à la radio et surtout à la télévision.

Prenez n'importe quel imbécile au coin de votre rue, qui n'a rien à dire, qui est laid, qui est sale, qui est sot … et faites-le passer tous les quarts d'heure à la télé et je vous paie mon billet qu'avant qu'une journée se soit écoulée, il sera devenu le crétin le plus connu du PAF !

Si j'étais resté au Havre où je suis né, je serais, aujourd'hui, ce que les autochtones avaient fait de moi, un gratte papiers terne et ictérique.

Je ne me voyais pas tel qu'ils m'avaient étiqueté.

Je ne me voyais pas personnage imprimé sur l'écran froid du temps dans cette posture figée et prisonnière de leur fine toile arachnéenne.

J'avais envie de vivre, de me sentir autre, de ressembler au regard que j'avais de moi-même.

Je suis revenu sur les lieux de mon enfance, il y a quelques semaines, et j'ai même travaillé quelques mois, les derniers de ma vie d'actif (au sens capitaliste du terme) dans cette ville constipée.

J'ai à peine ressenti les griffures de mes souvenirs, mais ces simples réminiscences suffisaient à me communiquer une irrépressible envie de fuir.

Est-ce à cause de cela que j'ai cru mon cœur malade ?

J'ai retrouvé, sans avoir à les chercher, les goûts de leurs pensées, les crispations de leurs vies sédentaires, l'odeur de moisi des demeures restées sans air.

Malgré la mer à côté, ils ne la regardent jamais dans le fond des vagues, ils vivent en lui tournant le dos et en se calfeutrant dans des bâtisses classées au patrimoine mondial et que le plus humble des nègres d'écrivain ne voudrait pour rien au monde habiter.

Ils n'ouvrent jamais leurs fenêtres de peur que le vent ne décoiffe leurs mises en plis.

Ils sont comme (presque) tous mes contemporains, aveugles et sourds au monde.

Le monde, ils ne le voient que par cette étrange lucarne qui leur ment et dont ils sont si friands.

Alors, il est normal, compréhensible, que ce soit moi (à leurs yeux) le vilain canard, celui qui ne fait pas ce qu'on attend de lui, qui n'obéit pas aux injonctions et aux puissants.

Ils ont renoncé depuis fort longtemps à me prendre dans leur camp.

A moins que ce soit moi qui ai renoncé à écouter leurs sollicitations.

Je n'ai pas, comme eux, la nostalgie de mon village et de la cheminée de ma maison.

Joachim du Bellay devait penser à autre chose, loin de sa maison, pour écrire pareilles fadaises, à un BBQ peut-être ?

Oui, j'ai parfois regretté le goût du saucisson et celui de l'alcool, un ou deux amis, peut-être, et quelques parents .... Mais sans ostentation.

Pas un instant où je regrette la présence de mes concitoyens.

Je n'ai pas la nostalgie de ma maison car je suis dans ma maison, j'y vis, désormais, loin des amis de circonstances, des relations obligées, des inconnus de passage, des conversations polies, des riches échanges professionnels, des déboires, des trahisons et des paroles tenues ... ou pas.

J'y ai ma cheminée qui, justement, en cette fin de mois de mai 2007, fume.

J'y ai ma véranda qui nous donne toutes ces lumières qui éclairent nos tableaux.

Et le terrain vert tendre et clair aux arbres foncés.

La mare, cette terrible dame, exigeante et prenante.

Il faudra bien qu'avec l'âge s'y passent des contes pour mes petits enfants. Il y sera question de sangsues suceuses, de larves de libellules voraces et affreuses, de têtards sans défense, de méloé superbe et destructrice, de dytiques féroces et impitoyables, de grenouilles bavardes et chamailleuses, de tritons discrets aux ventres chatoyants d'un orange igné, de poissons intrépides ou poltrons suivant leur taille ou leur race.

La vie et la mort s'y côtoieront dans un étrange balai sans maître de danse à part, peut-être, la couleuvre à collier sorte de Thanatos suprême à la robe caparaçonnée.

Moi, ma cantilène n'est pas composée sur le fait de savoir quand, mais combien.

Combien de temps profiterai-je de ce luxe ?

Car cette retraite méritée me sera reprochée. Les mauvaises langues des mauvais esprits ne se privent jamais de critiquer ce qu'ils jalousent quand ils n'ont pas su le conquérir.

Je me souviens de ce chef de service qui me reprochait mon savoir et qui exigeait que je le partage. Il était resté le cul sur son confortable siège pendant des décennies, pendant que je courrais le monde et me coltinais les sauvages qui m'apprenaient à vivre. Mais il exigeait sa part de ma récompense.

Il voulait être aussi calé que moi en informatique, si je savais, pourquoi n'aurait-il pas su ?

Après tout, de son point de vue, il avait certainement raison !

Qu'est-ce qui nous différencie fondamentalement, toi qui as toujours dormi dans ta maison à lire ton journal, fumer ta pipe et élever tes poissons rouges dans leur bocal et moi ?

Toi, qui parle tant bien que mal quelques mots d'anglais et moi ?

Toi, qui ne sait pas et moi ?

Toi, qui n'a jamais vu l'océan, la plaine, la montagne aux singes verts, les ruines d'Al Beida, les danses de Bali dans un hôtel de Djakarta … et moi ?

Toi qui n'a jamais bu l'eau de Khartoum, le vin de Benghazi, la bière de Libye … et moi ?

Toi qui n'as pas tout perdu dix fois et dix fois reconquis … et moi

Toi qui n'as pas été à l'université quand les cheveux blancs te poussaient sur la tête et moi ?

Toi, enfin, qui ne connaîtra jamais le goût d'une viande d'éléphant ou de girafe … et moi ?

Rien, n'est-ce pas, rien ne nous différencie en apparence. Il faut croire que les apparences sont trompeuses.

Tu es fier de ta vie de ton savoir, de tes acquis, de ta notoriété ….

Je m'en fous !

Je ne compte pas en fierté, je compte en souvenirs.

Mon unique regret sera de n'avoir pas cotisé en souvenirs, mais en tranches de salaires ou de chiffre d'affaires … alors … ma retraite ne me sera pas reversée en vie, mais seulement en argent, cet argent qui fait tant ta fierté.

Je ne suis pas dédaigneux … pas vraiment en tout cas, non, je m'en fous. Je ne snobe personne, je suis juste bien avec moi-même et mon petit monde.

Quand j'étais très jeune et qu'on me faisait chier, je disais :

« j'm'en fous d'm'en foutre tellement j'm'en fous ! »

Et bien je le dis encore.

Je me fous de ceux qui jugent sur l'apparence, sur le faciès, sur les vêtements, sur la voiture, sur la coupe de cheveux, sur les chaussures … ah ! les chaussures !

Et maintenant, j'ai le temps et les moyens de me foutre complètement de ce que pensent les autres de moi.

Oui, vraiment je vis dans un luxe enviable et c'est ce bien là que tous les margoulins de la terre n'auront de cesse de me spolier.

Mais mon luxe n'est pas 'délocalisable', il est dans ma tête et y restera même s'ils me la coupent, mais j'aimerais que cette ultime tragédie reste à l'étude le plus longtemps possible.

Amélie Poche entre en scène

C'est une jolie blonde aux yeux bleus d'une trentaine d'années qui entre dans le cabinet du psy. Elle est vêtue classiquement, d'un ensemble pied de poule moutarde qui la moule. Elle porte un catogan jaune orangé qui me ses cheveux en valeur. Ses escarpins rouges apportent une note plus chaude à sa silhouette.

Amélie Poche
Bonjour docteur, bonjour père.
Le père qui s'est levé du divan, détourne la tête sans répondre.

Ledingue avenant mais surpris de cette visite inattendue.
Bonjour mademoiselle Poche, je crois deviner la raison de votre visite, mais comment saviez-vous que votre père était ici ?

Ah docteur, vous n'êtes pas le premier psychiatre que mon père harcèle pour me faire enfermer, nous pensons qu'il fait un début d'Alzheimer et c'est pour ça que nous le faisons suivre par un détective privé car nous redoutons qu'il se perde. Quand le détective m'a prévenu que mon père rentrait dans votre immeuble, je suis venue aussi vite que possible.

Jean Poche.
Un détective, c'est encore une idée de ton Gérard, c'est lui qui te pousse à me pourrir la vie ! vous voyez, docteur, elle me fait suivre par un détective, je n'ai même plus de liberté, je suis épié et surveillé dans les moindres de mes déplacements …

Ledingue
Allons, calmez-vous, monsieur Poche, nous allons tenter de démêler tout ça.
Vous vous rendez compte, je suppose, mademoiselle, que faire suivre votre père sans qu'il y ai de certitudes quand à son état ne parle pas en votre faveur.
Elle acquiesce de la tête – elle opine, quoi !
S'adressant à Jean Poche
Voulez-vous, puisque nous sommes ensemble, que je pratique sur vous les tests qui permettront de déterminer si vous êtes atteint de la maladie d'Alzheimer, nous pourrions prendre rendez-vous ….

Jean Poche.
Mais je ne suis absolument pas atteint de quoi que ce soit, ne l'écoutez pas, docteur, tout ce qu'elle cherche, c'est à mettre la main sur mon magot et ça, je ne me laisserai pas faire !

Amélie Poche.

Allons, père, soyez raisonnable, la proposition du docteur est judicieuse, cela me rassurerait de savoir que vous n'avez rien et je cesserai de vous faire suivre.

Jean Poche.

C'est hors de question, je vois très bien où tu veux en venir et pour m'avoir retrouvé si facilement, c'est que tu dois être de mèche avec lui

Il montre le professeur Ledingue du doigt.

Le psy, outré.

Monsieur Poche, je ne vous permets pas de mettre mon intégrité et mon honnêteté en doute, cette fois, c'est vous qui faites preuve de mauvaise foi et de mauvaise volonté, si vous n'avez pas confiance en moi, je peux vous recommander un collègue

Jean Poche.

Un de vos amis charlatans ?

Ledingue.

Oh ! je ne vous permets pas ! Si c'est comme ça, veuillez quitter mon cabinet et débrouillez-vous sans moi, mais n'oubliez pas de régler mes honoraires à ma secrétaire avant de partir !

Jean Poche.

Se tord soudain de douleurs dans le ventre …. Le psy va l'étendre de nouveau sur le divan ….

Oh ! Aïe, Ouille ouille ouille, ah ça me reprend, ah ce que j'ai mal …

Amélie Poche, très inquiète.
Père, qu'y a-t-il, ça ne va pas ?

Ledingue, à Amélie.
Laissez moi faire mademoiselle, tenez, asseyez-vous là et laissez moi m'occuper de votre père. (va lui parler de nouveau avec une voix grave et posée) Calmez-vous, monsieur Poche, détendez-vous, ne vous énervez surtout pas, monsieur Poche, prenez votre temps, respirez profondément, (puis il parle sur le ton d'un hypnotiseur) vous êtes clame, détendu relaxé, vous vous sentez bien, vous vous laissez aller et continuez de respirer profondément …..   (Jean Poche va succomber à la voix grave du psy et va rapidement s'endormir et ronfler !)
Ca y'est, le bougre s'est endormi, il ronfle !

La secrétaire dans l'interphone.
Professeur, votre prochaine patiente s'impatiente !

Demandez-lui de patienter un peu …

Amélie Poche.
Je suis désolé de tous ces embarras, docteur, je me fais du souci pour mon père !

Le psy.

Oui, je le conçois bien mais franchement, si ça continue comme ça, je vais être obligé de faire appel aux forces de l'ordre pour mettre un peu d'ordre dans tout ça ! Après tout, c'est leur boulot !

Amélie Poche.

Je vous assure que mon père se fait des idées, et nous n'avons que sa santé en tête et aussi sa sécurité, c'est mon ami Gérard qui m'a alerté sur les risques qu'il y a pour une personne atteinte d'Alzheimer de se perdre ou pire, d'avoir un accident et c'est pour ça que nous le faisons suivre, pour sa sécurité ! Surtout que nous avons déjà ma mère qui était atteinte d'amnésie et a disparu depuis 5 années sans qu'on puisse la retrouver. ?

Le psy.

Écoutez, mademoiselle, vous devez trouver un moyen de faire passer des tests à votre père, je vous assure que c'est la seule solution si vous ne voulez pas être suspectée d'arrières pensées.

Amélie Poche.

Oui, je le comprends bien, mais vous avez vu comment il est, il ne veut rien entendre ! et même avec vous il est suspicieux !

Le psy entame une rapide analyse d'Amélie. En fait un interrogatoire en bonne et due forme.

Et votre ami Gérard, il y a longtemps que vous avez fait sa connaissance ?

Amélie.
Ah ! non, docteur, pas vous, vous n'allez pas vous y mettre !

Il n'y a pas de mal à se renseigner, je n'ai encore accusé personne de quoi que ce soit, et vous n'êtes même pas obligée de me répondre.

Oui, et si je ne réponds pas, c'est suspect, c'est bien ça ?

Il modère la patiente afin qu'elle ne se braque pas et refuse de se confier.
Allons, allons, mademoiselle Poche, ne vous emballez pas, je posais juste une question suite à la remarque de votre père, vous voyez bien que j'essaie d'arranger les choses malgré tout les tracas que ça me cause.

Eh bien, je le connais depuis un mois.

Et depuis quand votre père souffre-t-il de troubles de la mémoire ?

Comme par hasard …
Ben …. Depuis environ un mois ….. Vous ne croyez tout de même pas qu'il y a une relation de cause à effet ?

Je ne puis rien affirmer, mais vous savez, ce ne serait pas le premier père à ne pas supporter de voir sa fille s'intéresser à un autre homme que lui !

Amélie n'arrive pas à croire à une corrélation entre sa vie sentimentale et l'état psychique de son père.
Mais, docteur, ce que vous dites est impossible, mon père et moi avons toujours entretenu des relations assez distantes, j'ai suivi toute mes études en internat, nous ne sommes pas vraiment très proches.

Le psy évite les amalgames.
Ceci n'a rien à voir, mademoiselle, l'amour d'un père peut se confondre avec sa jalousie, les sentiments humains sont beaucoup plus complexes qu'on ne le croit !

Mais si tel était le cas, que pourrais-je faire, je ne vais tout de même pas rompre avec Gérard pour calmer la jalousie de mon père !

Le psy ne souhaite pas s'engager, au risque de se faire contredire par la réalité.
Comme je vous l'ai dit, je ne suis certain de rien, il faudrait que je puisse faire une analyse un peu plus approfondie de votre père pour avoir plus d'éléments déterminants.

Et que puis-je faire pour ça ?

Pas fou, le psy, il espère bien tirer parti de ce désordre et se faire une nouvelle clientèle.
 En fait, il faudrait un élément déterminant qui puisse établir que votre père nécessite un suivi médical …. Un acte irresponsable, comme se perdre et être retrouvé par la police, ou bien ne plus se souvenir de son identité …. Et à partir de là, que vous acceptiez en votre qualité de parente que je pratique sur lui toutes les analyses nécessaires.

Mais s'il se refuse toujours aux tests ?

À l'impossible nul n'est tenu !
 Hélas, dans ce cas, nous serons bien obligés de l'interner !

La secrétaire interrompt cette charmante conversation (dans l'interphone) Professeur, votre prochaine
patiente a perdu toute patience, je ne vais pas pouvoir la retenir ….. !

Il veut réclamer un dernier sursis …
Demandez-lui encore …..
Mais la patiente vient de rentrer dans le bureau du professeur Ledingue !

Amélie Poche.
Maman !

Honfleur berceau de l'impressionnisme, la véritable histoire de la ferme Saint Siméon.

Au début du XIXe siècle les peintres découvrent Honfleur. Les Anglais ouvrent souvent la voie, Turner, John Gendall, Richard-Parkes Bonington Copley Fielding et ses frères : Theodore, Thales, Newton ; c'est l'étude de la lumière et l'avènement d'une peinture nouvelle. Théodore Géricault et Eugène Delacroix vont en Angleterre, Honfleur lieu d'embarquement séduit.

Eugène Boudin, du Havre, franchit souvent l'estuaire pour s'installer chez la mère Toutain à la ferme Saint-Siméon où il entraîne ses amis. Se retrouvent alors les peintres : Millet, Français, Achard, Jongkind, Monet, Hamelin, Courbet .... De 1850 à 1870 vont se succéder les meilleurs artistes paysagistes et marinistes de l'époque.

Aucun document ne nous montre l'établissement de la Ferme Toutain ; des tableaux et pastels de Boudin nous dépeignent l'environnement et les bâtiments annexes. Des tableaux également de Besnus, Bazille, Cals, Corot, Daubigny, Dubourg et Monet témoignent de l'endroit. C'est en 1825 que Pierre-Louis Toutain ouvre une auberge : la Ferme Toutain. À l'origine lointaine de la propriété, on trouve une léproserie, puis une chapelle entretenue par les Capucins et dédiée à Saint-Siméon. En 1848 Pierre-Louis épouse Catherine-Virginie qui donne une âme à l'auberge mais qui apporte aussi ses talents de cuisinière, on parle encore de ses maquereaux à l'oseille. Les chambres des locataires sont décorées à la craie, au charbon, à la mine de plomb, de portraits, caricatures, paysages ou poésies, le tout exécuté selon l'humeur. On y remarque selon le chroniqueur Alfred Delvau (le Figaro) : « un bon portrait de Melle Toutain fait par Armand Gautier ; une idylle de Stephen Baron ; de petits paysages d'Achard ; une marine de Français ; des poules de Besnus ; un matelot de Sainte-Marie ; le portrait en pied de Rose, la bonne, dans l'exercice de ses fonctions, par Charpentier et peut-être un peu trop de croquis peints ou dessinés de Rozier ».

C'est E. Boudin qui nous raconte comment la mère Toutain a fait disparaître un morceau du jugement dernier de Michel-Ange, que Ménard et Baron avaient reproduit en écorché. « C'était horrible ! le fils Toutain, un colosse, y est mort dans une crise de delirium tremens, affolé par ces bonshommes écorchés et pantelants » (lettre à Jehan Soudan / Directeur du Petit Normand).

Peintres, poètes et musiciens se succèdent. Ce sont souvent de joyeuses rencontres.

Eugène Boudin nous narre, en 1859 : " 18 juin. Retour de Honfleur avec Courbet. Passé une soirée fantastique chez de Dreuil avec Schanne : c'était quelque chose de monstrueux comme bruit. Les cerveaux échauffés tournaient ; la raison vacillait. Courbet nous a fait sa profession de foi d'une façon peu lucide bien entendu. Ça été quelquefois fois beau. On a chanté, crié, tapagé si bien que le jour nous a trouvés le verre en main. Nous sommes revenus en faisant du bruit par les rues, ce qui est peu digne, puis nous nous sommes couchés dans le lit de mes pauvres bonnes gens. Ce matin nous avions la tête lourde, ce qui ne nous a pas empêchés d'admirer de belles choses, si bien que j'ai résolu d'aller me fixer là cet été si je puis. Courbet m'a déjà un peu affranchi de la timidité, j'essaierai de larges peintures, des choses grandes et plus cherchées comme ton."

Grâce à Monet, l'auberge reçoit la visite de Frédéric Bazille, Antoine Guillemet, Henri-Charles Guérard et son épouse le peintre impressionniste Eva Gonzalés unique élève de Manet.
Les Frères Goncourt séjournent à l'auberge ainsi que le Père Martin ils font la liaison avec les peintres de Barbizon.
En 1862 Jongkind fréquente Honfleur et la ferme Saint-Siméon, il s'y remet à peindre encouragé par Isabey, soutenu par Cals et par Madame Fesser.
Ses œuvres ayant pour sujet Honfleur datent pour la plupart des années 1862 à 1863, les autres plus tardives seront composées de mémoire ou d'après des croquis et aquarelles.

Claude Monet (alors âgé de 22ans), Eugène Boudin et Johan Barthold Jongkind, qui travaillent ensemble sur la côte, commencent à réaliser en extérieur le tableau dans son intégralité. Boudin peint de façon quasi scientifique, prenant note lors de ses études, de détails tels que la direction du vent (comme le rapporte Charles Baudelaire dans son compte rendu du Salon de 1859). Monet est fortement impressionné par les œuvres de ses aînés.

Eugène Boudin utilisait également la photographie pour ses études : " Vous aurez mis à profit les jolies études dont Lemarcis m'a parlé et qui ont été produites pendant votre séjour à Honfleur. Vous avez fait des photographies, dites-vous, cela doit être d'un grand profit surtout pour les groupes de figures ".

Emile Renouf peint "Orage à Vasouy et souper au bord de la Seine" .

Le jeune honfleurais Adolphe Marais rencontre les pensionnaires de la ferme Saint-Siméon, Daubigny lui donne des conseils. Il admire particulièrement Corot. Troyon lui inspire de grandes toiles.

Cals fréquente assidûment les dernières rencontres de la ferme Saint-Siméon. Il y apporte, plus que tout autre, cette vision sincère que louait Edmond About qui le rapprochait de la tradition des frères Le Nain. Revenu à Honfleur en 1872 pour y vivre dans la sérénité jusqu'à sa mort, Cals peint en 1879 la ferme Saint-Siméon directement sur le motif. Alain Tapié pg 40.

Une fois la célébrité de la ferme St Siméon établie, le propriétaire reprend son bien, rompt le bail et chasse les Toutain afin de récupérer à son propre compte la réputation établie par les Toutain.

En 1865 la ferme est mise en vente par son propriétaire Monsieur de Varin ; en 1870 Monsieur Chasle déjà propriétaire du Cheval Blanc à Honfleur reprend l'affaire et donne congé à Catherine-Virginie Morin, épouse Toutain, tout en l'autorisant à emporter les tableaux laissés en gages par certains des pensionnaires impécunieux.
Il en est fini de la pension à quarante francs par mois, nourri et couché. Monsieur Chasle fera des travaux considérables : remplacement du toit de chaume par un toit d'ardoises, construction d'un pavillon face à la mer, d'allées et de jardins...
La fermeture de l'auberge et l'absence de la bonne mère Toutain disperse la colonie d'artistes qui se dirige vers Deauville, Trouville, Dieppe ou Étretat.
Un temps éclipsé par Honfleur, Dieppe va ressaisir, au début des années 1880, pour devenir le flambeau de la nouvelle peinture.
Non seulement les Français y côtoient comme sous la Restauration leurs confrères Anglais, mais les peintres « révolutionnaires » y font excellent ménage avec les peintres « mondains» : Pissaro, Renoir, Monet, Thaulow, Gauguin, Boldini, Whistler, Helleu, Sickert, J.-S. Klein…

C'est la fin de la fabuleuse histoire de la ferme Saint-Siméon.

Aujourd'hui, les clients prestigieux arrivent à la ferme St Siméon en hélicoptère et le prix d'une chambre voisine les mille cinq cent euros la nuit.

Bien entendu, on connaît la ferme St Siméon dans le monde entier.

Histoire d'un tableau : "l'ombre du peintre".

Au retour d'Afrique du Sud, fin 1996, nous avions, dans nos bagages divers graines ramassées au gré de nos excursions ou de nos rencontres.

Entre autre, des graines noires surmontées d'un toupet de petites houppettes oranges.

Nous en mîmes plusieurs en terre et l'une d'elle devint une grande plante à larges feuilles.
Après trois années, une fleur appelée « oiseau de Paradis » sortit d'entre les grandes feuilles au bout de longues tiges.
Je décidais de profiter de cette fleur immobile pour peindre sur le motif.

Avoir le sujet en vrai permet de mieux copier les teintes, même si ce n'est pas toujours exact à cent pour cent.

Une fois la fleur peinte, je la trouvais par trop 'paradisiaque', calme, altière.

Il y avait, en outre, un plan vide en bas à gauche.
Je décidais d'y mettre un rappel de mon tableau des parasols rouges inspirés d'une photo noire et blanc de Jacques-Henri Lartigue.
J'ai mis un pan du tableau dans une simili fenêtre opaque.
J'avais besoin de me frotter à certaines autres difficultés et je m'essayais à peindre un morceau de scotch sur la fenêtre pour lui donner un air de carte postale.
Puis je m'évertuais à peindre deux gouttes d'eau sur le bout de la fleur.

Tout cela était encore trop propret, suave, idyllique.

J'ajoutais des graffiti et je signais dans un œuf à la peinture d'or.
Pour finir de 'salir' le tableau afin de lui donner un équilibre, je le taguais en le grattant de la pointe d'une spatule à droite, juste au dessus de la pointe de la fleur.

Comme je regardais mon tableau, mon ombre se dessina dessus.
Je pris une feuille de plastique transparent et découpait mon ombre dedans, puis je fis un léger glacis bleu de Prusse dessus et je posais le chantourné obtenu sur le tableau pour le prendre en photo.

Je ne sais même pas ce que j'ai bien pu faire de ce bout de plastique.

Les leçons que j'ai apprises de ce travail sont :

- Sur la difficulté qu'il y a à représenter des gouttes d'eau, j'ai réessayé sur le tableau en trompe l'œil et ne suis toujours pas satisfait du résultat.

- Sur la nécessité qu'il y a à peindre les fonds en entier puis à dessiner au pinceau sur les fonds pour obtenir un rendu plus convaincant. Depuis ce tableau, je me suis presque toujours astreint à cet exercice qui consiste à peindre en remontant les sujets suivant la proximité que l'on en a.

- Par contre, j'ai trouvé assez facile de peindre un morceau de collant en transparence. Cet exercice m'a d'ailleurs révélé la nécessité qu'il y a à être très léger sur la couleur lorsqu'on veut faire des transparences. Discipline que je ne respecte toujours pas avec assez de constance.

- Enfin, j'ai appris, à mes dépends, les difficultés qu'il y a à faire un tableau dans le tableau.

Voilà à peu près l'histoire de ce tableau.

On peut, ensuite, en regardant l'œuvre terminée, y voir des symboles, des expressions du subconscient, des intentions ….. Que sais-je ?

Mais, comme la plupart de mes tableaux, celui-ci est une étude de plus sur la peinture et ses difficultés.

Le plus difficiles restant de retenir les leçons et de s'exercer continuellement à vaincre les infinies complexités qu'il y a à peindre les objets et les concepts, l'eau, le vent, la lumière, les textures de bois, de tissus, de fer .....
Et tout cela en recherchant l'harmonie et l'équilibre du tableau dans ses motifs, sa structure, ses couleurs et sa psychologie.

La maman : madame Lacaye ... Poche

La 'maman' en question est une petite dame âgée aux cheveux gris blancs courts couverts par un petit béret rouge pastel, ses yeux sont gris mais son regard est vif. Elle est vêtue d'un tailleur gris triste avec un châle noir dentelé sur les épaules et elle est chaussée d'escarpins noirs.

Le psy partage sa stupéfaction.
Comment ça « maman » ! ? Cette dame s'appelle madame Lacaye.

Amélie Poche rétabli la vérité.
Oui, c'est son nom de jeune fille, mais son nom d'épouse, c'est Poche.

Jeanne Lacaye (Poche) est la fameuse patiente qui se prend pour la mère du psy.
Mais, mon fils, qui est cette demoiselle ?

Ledingue parle avec autorité en utilisant sa grosse voix virile.
Je ne suis pas votre fils, madame Lacaye, je suis votre psychiatre et apparemment, cette demoiselle est votre fille !

Amélie Poche est consternée et heureuse.
Maman, ne me dis pas que tu ne me reconnais pas, surtout que je suis si heureuse de te retrouver après toutes ces années !

Le psy se demande ce qui lui vaut pareil embrouillaminis.
Oh la la ! Quelle histoire que cette famille !

La maman ne démord pas de son hitoire.
Mais je ne vous connais pas, dis-lui, toi, Marcel que tu es mon fils unique !

Le psy perd patience.
Je me prénomme Robert, pas Marcel ! et je ne suis pas votre fils, combien de fois faudra-t-il vous le répéter ?

La fille essaie de prendre sa mère par les épaules, mais celle-ci se refuse, boude. Maman, tu as été victime d'une amnésie à la suite de la mort de ton fils, mon frère, Marcel, dans un accident d'hélicoptère à Dunkerque, et un beau matin, tu as disparue sans laisser d'adresse … il y a cinq ans de ça !

Le psy comprend tout.
Elle a donc fait un transfert de son fils perdu sur moi !

La maman joue les mamans.
Marcel ! Ne dis pas de bêtise, tu es fatigué, tu travailles trop, il te faudrait du repos !

Ledingue, à Amélie.
Vous ne l'avez pas faite rechercher par la police,,.
Dans l'intérêt des familles ?

Nous l'avons fait, mais les recherches sont restées vaines.

Jeanne Lacaye (Poche) voudrait bien ramener son fils à la maison et à la raison.
Marcel, je t'en prie, rentrons chez nous …

Le psy tente une question tout en apportant une réponse.
Madame Lacaye … Poche, où étiez-vous passée pendant tout ce temps ? Et mon prénom est Robert !

La maman est fatiguée de tout ça.
Marcel, je me sens lasse, sois gentil, ramène-moi à la maison.

Le psy ne s'en laisse pas compter.
Madame Lacaye … Poche, je veux bien vous raccompagner si vous me dites où vous habitez … Et mon prénom est Robert !

Elle en est toute interloquée.
Mais, Marcel, tu le sais bien, nous habitons à la maison des oiseaux.

Amélie Poche demande au professeur Ledingue.

Vous connaissez, docteur ?

La maman est formelle.
Bien sûr qu'il connaît puisque c'est là que nous
habitons.
Ledingue la rassure tout en se posant des questions.
 Oui, c'est une maison de repos pour femmes seules,
en fin de compte, elle n'était pas très loi et je ne
comprends pas qu'ils n'aient même pas cherché à
retrouver sa famille !

Jeanne Lacaye (Poche) pleine de lassitude.
Marcel, mon fils chéri, partons, j'en ai assez de cet
interrogatoire !

C'est le moment que Jean Poche choisit pour se
réveiller.
Il se lève d'un bond.
Mais Jeanne, que fais-tu ici et pourquoi appelles-tu ce
monsieur Marcel ?

Jeanne effrayée par cette interpellation inattendue,
sursaute.
AH ! Mais qui c'est encore celui-là ?

Le psy tente de lui apporter une réponse.
 Votre mari, apparemment, le père de votre fille
Amélie et de votre défunt fils Marcel !
Il va en catimini à son bureau et parle à voix basse à
sa secrétaire dans l'interphone.

Amélie Poche espère encore que sa mère peut retrouver un peu de mémoire.
Maman, tu ne te souviens vraiment de rien ?

Jeanne Lacaye (Poche)
Mais pourquoi me posez-vous tout le temps cette question, je ne vous connais pas, je ne connais que mon fils, Marcel.
Elle s'accroche au bras du professeur Ledingue.

Jean Poche se montre un tantinet jaloux, sur un ton inquisiteur.
Et avec qui as-tu fait cet enfant utérin ?

Jeanne estime n'avoir aucun compte à rendre à cette personne qu'elle ne connait ni d'Ève ni d'Adam.
Monsieur, je ne vous connais pas, occupez-vous de vos affaires !

Le psy bougonne …
Oh la la ! mais quelle famille, quelle famille de dingues !

Amélie, leur fille tente de s'interposer pour calmer le jeu, sur un ton conciliant.
Père, notre Jeanne a perdu la tête, elle est atteint d'Alzheimer, elle habite depuis son départ dans un asile pour femmes seules, elle ne peut pas te répondre, elle ne se souvient de rien !

La mère, plus directive - autoritaire.

Marcel, rentrons !

Le psy.
Monsieur, madame Poche, je vais être obligé de vous faire interner pour votre sécurité pour vous soigner et tenter de vous faire recouvrer la mémoire, je viens de demander une infirmier psychiatrique et une ambulance, nous les attendons d'un moment à l'autre !

Le père à sa femme.
Avec qui as-tu fait cet enfant que tu m'avais caché, avec la complicité de notre fille, vous avez décidé de me rendre fou pour récupérer mon magot, mais vous n'aurez rien, je vous déshérite, vous m'entendez bien, je vous déshérite !

Le psy ne sait plus comment faire entendre raison au bonhomme.
Je ne suis pas son fils, votre femme a perdu la tête et elle me prend pour le fils Marcel que vous avez perdu, mais ce n'est pas moi ! Est-ce que vous comprenez ?

La mère est complètement perdue.
Marcel, je ne te comprends plus, qu'est-ce que c'est que c'est histoires de fous ?

Le père à la cantonade.
Inutile de chercher à m'embrouiller, je vois très clair dans votre petit jeu, vous voulez me dépouiller, me

piquer mon magot, mais je ne me laisserai pas faire, je
…

La fille à son père, puis au professeur Ledingue.
Père, vous êtes en train de perdre la tête, vous voyez
bien que ce monsieur n'a ni l'âge ni le physique de
Marcel !

Le psy tente de rebondir sur les propos de la fille. À
Jean Poche.
Votre fille a raison, si madame Poche a disparu il y a
cinq ans, je ne peux pas être son fils !
À la fille.
Je pense que la paranoïa de votre père est en train de
se transformer en schizophrénie, quant à votre mère,
elle semble atteinte d'Alzheimer …. Attendons
l'ambulance

La fille à sa mère.
Maman, l'ambulance va t'emmener à l'hôpital où ils
vont tenter d'améliorer ta mémoire pour que tu te
souviennes de nous.

La mère renacle.
Je ne veux pas aller à l'hôpital, je veux rentrer à la
maison avec mon fils.

Le psy essaie de la rassurer.
Soyez raisonnable, madame Poche, et tout se passera
bien.

Le père s'est emparé d'un coupe papier sur le bureau du professeur et en menace sa fille.

Je ne te laisserai pas me voler mon magot ni me tuer, je vais te tuer moi-même ….

Il poursuit sa fille à travers le bureau pendant que le professeur lui crie d'arrêter.

La fille finit par sortir par en courant et elle croise les infirmiers à qui elle crie.

Il est devenu complètement fou, vite arrêtez-le, arrêtez-le avant qu'il fasse un malheur !!!

Les infirmiers en blouse blanche pénètrent dans le bureau du professeur Ledingue.

L'un des infirmiers.

Où est-il, où est ce fou dangereux ?

Jeanne Lacaye (Poche) et Jean Poche montrent ensemble le professeur Ledingue du doigt?

Le fou c'est lui, c'est lui Ledingue !

L'infirmier demande au psy.

C'est vous le dingue ?

Le psy s'embrouille, ce qui est assez normal après tout ce qu'il vient d'essuyer.

Oui …… euh non …. C'est-à-dire que je suis bien le professeur Ledingue, mais je ne suis pas fou, ce sont eux qui le sont !

L'infirmier ne s'en laisse pas conter.

C'est ça, oui, et moi, je suis Napoléon

Les infirmiers se saisissent du professeur et lui plantent une aiguille dans le bras ce qui a pour effet de calmer totalement le psy qui, dans un ultime sursaut essaie de démontrer le quiproquo.
Non, il y a méprise, ce sont eux qu'il faut enfermer, je suis le psych …….
Les infirmiers emmènent le professeur complètement amorphe.

Le père et la mère restés seuls, tombent sur le canapé avec un 'OUF' de soulagement.
Nous vivons dans un monde de fous !

La mère.
Je me présente, Jeanne Lacaye.

Le père.
Enchanté, moi, c'est Jean Poche …. Vous êtes libre pour déjeuner ?

Ils partent bras dessus bras dessous …… en fredonnant sur la chanson '**aux ailes bleues du vent**'.

γνωθι σεαυτων

Du même auteur

- **DVDP la Joconde** (polar artistique)
- **Ludmilla** (roman d aventures)
- **Un raout chez les ploutocrates** (pièce de théâtre)
- **Aux ailes bleues du vent** (poésies chansons mirlitons)
- **Métempsychose du bigorneau** (recueil de nouvelles)
- **Mel pot littéraire** (sketches humoristiques)
- **Yfig fait son cinéma** (scenarii de courts et longs métrages)
- **Les aventures extraordinaires de Tata Baluchon** (série télé)
- **Un psy peut en cacher un autre** (pièce de théâtre de boulevard) - SACD
- **Apocalypse nucléaire** (pièce de théâtre comédie dramatique)
- **Meurtre parfait** - (pièce de théâtre - comédie satyrique)
- **Le fantôme du château de hurle aux loups** (pièce de théâtre ados)